Ingvar Ambjörnsen

Die Puppe an der Decke

Roman

Aus dem Norwegischen
von Gabriele Haefs

Fischer Taschenbuch Verlag

Veröffentlicht im Fischer Taschenbuch Verlag GmbH,
einem Unternehmen der S. Fischer Verlag GmbH,
Frankfurt am Main, November 2004

Die norwegische Originalausgabe erschien 2001
unter dem Titel ›Dukken i taket‹ bei Cappelens Forlag, Oslo.

Satz: Fotosatz Otto Gutfreund, Darmstadt
Druck und Bindung: Clausen & Bosse, Leck
Printed in Germany
ISBN 3-596-16298-X

1

Stina hatte wieder versucht, sich in der Dusche aufzuhängen. Sie wollte nicht darüber sprechen. Sie hatte noch an diesem Morgen versucht, sich in der Dusche zu erhängen, aber jetzt schlurfte sie hier durch den Kies, und das von Medikamenten gesättigte Blut pochte in ihren Adern. Seit dem letzten Besuch hatte sie ihre üppige Mähne abgeschnitten. Sie lebte zwar, aber das war ihr scheißegal, jetzt, mit soviel Nozinan im Leib. Rebekka hatte gelernt, mit diesem Schweigen umzugehen. Es gehörte zu ihren monatlichen Treffen, Treffen, die vielleicht durch und durch sinnlos waren.

Und vielleicht auch nicht. Sie dachte, dass niemand wissen könne, welche Wirkung der Stein unten auf dem Grund auslöste, wenn er erst den dunklen Wasserspiegel durchschlagen hätte. Deshalb kam sie, Monat für Monat. Es kostete sie viel, aber sie kam. Seit fast drei Jahren sah sie nun zu, wie ihre Schwester mit dem Drachen Verstecken spielte. Stina fragte nicht nach Harald und den Kindern. Sie fragte nach niemandem. Sie wanderte im Flur auf und ab oder pflügte, so wie jetzt, durch den Kies im Park. In regelmäßigen Abständen versuchte sie sich das Leben zu nehmen.

November. Die Bäume stellten sich für den Winter tot. Schwarze Risse im Grauen.

Rebekka sagte: »Ich komme nicht so bald wieder. Vorher fahre ich zum Haus. Vielleicht verkaufe ich es. Vielleicht bleibe ich dort. Ich weiß nicht. Ganz bestimmt komme ich vor Weihnachten nicht wieder nach Oslo.«

Keine Reaktion, das war immer so. Rebekka war dabei, die Stimme ihrer Schwester zu vergessen.

Bei den Tannen machten sie kehrt und gingen zurück zu den klobigen Gebäuden, die jetzt mehr und mehr zu Stinas Zuhause wurden. Das tat weh, aber so war es nun einmal. Die grün gestrichenen, viel zu hellen Gänge. Der verräucherte Aufenthaltsraum. Das Bett unter dem Fenster. Der Stuhl. Das Waschbecken. Die Jahreszeiten, die kamen und gingen, in einem ewigen Schwarzweiß. Das war so ungefähr das Letzte, was Stina gesagt hatte, ehe sie alle Türen hinter sich geschlossen hatte. Dass sie ihren Farbsinn verloren habe.

Sie brachte Stina zur Tür.

Auf dem Weg zum Parkplatz kotzte sie ein wenig. Nur ein wenig. Einen grauen Fleck auf den feuchten Asphalt.

2

Es war das alte Spiel. Der gelbe Streifen. Sie wollte den gelben Streifen überqueren, wollte auf die linke Fahrspur wechseln; manchmal sehnte sie sich nach der endgültigen Frontalkollision. Ab und zu, nicht oft, aber ab und zu wuchs dieser Impuls zu einem gebieterischen Ungeheuer, das sie an den Straßenrand befahl, das sie zum Anhalten zwang. Einmal war sie die Erste an einem Unfallort gewesen. Januar, spiegelglatte, schmale Straßen in Westnorwegen. Sie hatte den Wagen erst gesehen, als sie schon fast vorüber war. Es war Nacht, klares Wetter, aber Nacht. Sie erinnerte sich daran, wie sie hyperventilierend sitzen geblieben war, ehe sie aus dem Auto steigen konnte, wie sie mit Gott gesprochen hatte, weil sie wusste, dass die Karten, die Er jetzt ausspielte, ihr Leben verändern würden. Der Wagen, an dem sie eben vorübergefahren war, ein weißer PKW, der sich dann als Reste eines Toyota entpuppte, lag wie ein vergessenes Akkordeon vor dem frostglitzernden Hang. Das, was einst ein Motor gewesen war, dampfte, eine weiße Wolke vor dem düsteren Himmel, ein Anblick, der ihr aus irgendeinem Grund vollständig sinnlos erschien. Sie hatte mit Gott gesprochen, eine Art Gebet ohne Anfang oder Ende, während sie mit schlurfenden Schritten den glasierten Asphalt überquerte, auf das Wrack zu. Die schändliche Erleichterung, die sich einstellte, als ihr klar wurde, dass die Insassen des zerquetschten Wagens ihre oder die Tatkraft anderer nicht mehr brauchten. Es konnte sich um zwei oder drei handeln, sie konnten auch zu viert sein, aber in diesem Ball aus verdrehtem Metall, zersplittertem Glas und verbranntem Gummi gab es keine Voraussetzungen mehr für menschliches Leben. Rot. Fleisch. Der Gestank von Benzin und Dreck. Sie hatte es nicht vergessen können. Dass ein Knall wie dieser nach Blut, Benzin und Exkrementen stank.

Sie passierte Drammen. Schneeregen setzte ein. Schwere feuchte Flocken, die aus der grauen Wolkenmasse fielen. Ein LKW mit gelbem Führerhaus, der ihr entgegenkam, verblich, als er vorüberdröhnte. Noch ehe sie Holmestrand erreicht hatte, waren die Tannen schwarz geworden. Sie dachte an Stina, an deren krummen Rücken, der sich über den Gang entfernte, in Richtung Treppe. Sie dachte, dass sie ihre Schwester vielleicht zum letzten Mal gesehen hatte, das dachte sie nach diesen Begegnungen häufiger. Und sie dachte an das Haus, das sie erwartete. Sie hätte gern gewusst, ob Lachen und Lieder noch immer in den Wänden hingen, aber im Grunde wusste sie, dass sie nur eine leere Hülse antreffen würde, eine Art abgenagten Totenschädel, aus dem alle Gedanken sich ins Nichts verflüchtigt hatten.

Der gelbe Streifen, der jetzt weiß war, sie hätte ihn fast überquert, sie zog den Wagen vorsichtig wieder nach rechts und versprach der Puppe, sich zusammenzureißen. Sie würden nicht auf diese Weise sterben. Die

Puppe hing am Spiegel über dem Armaturenbrett und starrte sie aus blass gewordenen blauen Augen an.

Sie sah ihn schon von fern. Der Schneeregen fiel jetzt dichter, der Wind trieb ihn in schweren Stößen schräg über die Felder, aber sie sah ihn trotzdem von fern. Er war riesengroß, sicher über zwei Meter, und er hob einen nackten Daumen in die Luft.

Sie konnte Tramper nicht leiden. Sie konnte nicht einmal ein Bild von sich selber in dieser Rolle ertragen, einen Schnappschuss aus den siebziger Jahren, sie selbst irgendwo in der Nähe von Celle. Das Gefühl, sich fremden Menschen aufzudrängen, an das schlechte Gewissen zufällig Vorüberkommender zu appellieren. Und im Auto dann: die oft angstgeladene Spannung zwischen zwei Menschen, die einander zum ersten und einzigen Mal begegnen, wer bist du, wohin willst du, oder das Schweigen und die unerträgliche Langeweile. Sie betrachtete es als eine private, fast intime Handlung, an einem Nachmittag im eigenen Auto zu sitzen, in diesem geheizten Raum, und die Außenwelt schwarzweiß zu sehen. Deshalb registrierte sie mit einem gewissen Erstaunen, dass ihr Fuß vorsichtig auf die Bremse drückte. Im Spiegel sah sie, wie er auf die roten Rücklichter zurannte. Sie dachte, es sei noch nicht zu spät, sie sei diesem hochgewachsenen Mann gegenüber zu nichts verpflichtet, aber dennoch blieb sie mit laufendem Motor stehen.

Er riss die Tür auf und ließ sich neben sie fallen, der Rucksack lag bereits auf seinem Schoß. Er trug Jeans und eine Windjacke Marke Fjällräven, die dichten braunen Haare klebten an seiner Stirn. Sofort roch ihr Wagen nach nassem Mann.

»Scheiß drauf, wohin ich will. Schaff mich einfach weg von hier!« Er lächelte sie mit starken weißen Zähnen an. »Ich bin froh, wenn ich bis Holmestrand mitfahren kann, damit ich einen Kaffee kriege. Von dort aus komme ich mit Bahn oder Bus weiter.«

Sie starrte lange in den Seitenspiegel, dann bugsierte sie den Wagen vorsichtig wieder hinaus in den spärlichen Verkehr. Die Autos kamen in Gruppen von vier, fünf, sechs. »Lange gewartet?«

»Fast eine Stunde. Ich bin zuletzt mit zwanzig getrampt. Ich hatte total vergessen, wie übel das ist.«

Sie nickte. »Ich wollte dich auch gar nicht mitnehmen. Es passiert soviel Mist. Damals waren andere Zeiten. Oder vielleicht waren wir anders.« Sie sagte »wir«, weil sie annahm, dass er ungefähr im gleichen Alter war wie sie. Mitte vierzig.

»Beides.« Er wischte sich Wasser aus dem Gesicht.

»Aber du hast mit zwanzig zuletzt hier auf dem Feld gestanden?«

»Jetzt im Moment kommt mir das so vor. Nein, ein Kumpel hat mich mitgenommen. Wir hatten ein kleines Missgeschick, nichts Ernstes, aber die Karre wollte nicht mehr. Ich konnte entweder versuchen, auf eigene Faust weiterzukommen oder mit dem Abschleppwagen nach Drammen zurückfahren. Und diese Entscheidung habe ich dann getroffen, als es noch nicht schneite oder regnete oder wie zum Henker man das nennen soll, was sich da draußen abspielt.«

Sie erkundigte sich nach seinem Ziel.

Er hatte dasselbe wie sie. Eine Stadt an einem Fjord. Genauer gesagt, ihm stand ein Ferienhaus weit draußen am Meer zur Verfügung.

»Ein Ferienhaus? Jetzt?«

»Das ist winterisoliert. Ich vermiete es im Sommer und nutze es im Winter. Das ist ein gutes Arrangement.«

Sie nickte. Sie fuhren im Schneckentempo weiter und schwiegen. Sie dachte, dass das hier ein Mann zum gemeinsamen Schweigen sei. Sein langer Körper hatte etwas Entspanntes, er lehnte sich auf seiner Seite an die Tür und widmete sich seinen eigenen Gedanken. Seine Augen waren blassblau, wie die der Puppe. Die hing dort und tanzte an ihrer Schnur hin und her.

Ehe sie den Ort erreichten, bog sie von der Hauptstraße auf den Kreisverkehr ab, der zur Stadt führte, und er sagte: »Ich heiße Leo. Ich sage das nur aus Höflichkeit. Meine Eltern haben immer darauf bestanden, dass wir uns Fremden gegenüber vorstellten.«

Sie sah ihn an: »Und das hast du jetzt mehr als zwei Stunden lang vergessen?«

Er setzte sich gerade. »Manchmal vergesse ich so was wochenlang.«

»Ich kann dich zu deinem Haus fahren, wenn du willst.«

»Nein.« Er schaute auf die Uhr. »Um kurz nach halb neun geht ein Bus. Dann kann ich im Piraten noch ein paar Bier trinken. Aber vielen Dank jedenfalls. Ich war schon kurz vor der Auflösung.«

Vor der Auflösung!

Ihr war aufgefallen, dass er während der letzten Minuten die Stelle angestarrt hatte, an der früher ihr rechter kleiner Finger gesessen hatte. Wo jetzt der Stumpf war. Und das Seltsame war, dass sie trotzdem angeboten hatte, ihn zu seinem Haus zu fahren. Es war ihre Idee gewesen. Jetzt setzte sie ihn stattdessen am Hafen ab. Reichte ihm sogar zum Abschied die Hand. Die rechte. Die schöne Hand, wie es früher geheißen hatte. Ehe die schöne Hand zur hässlichen Hand geworden war. Danach saß sie noch lange im Wagen und sah zu, wie er über den triefnassen Markt lief, auf die Kneipe zu. Den Rucksack über der Schulter, den Körper im Wind leicht gekrümmt.

Das Haus lag in einem Garten, die Fenster klafften wie schwarze Löcher. Trotzdem schien die Hülse, die sie früher damit assoziiert hatte, endlos weit weg zu sein. Sie war ein freundliches Bild an ihrer Netzhaut. Ein Strom von guten Erinnerungen stieg in ihr auf, als sie die abgenutzten Bretter sah, die Treppe und das leicht schiefe Dach. Hier, im Haus und im Garten, waren Wunder geschehen. Marienkäfer über weicher Haut. Reife Stachelbeeren. Der Duft gebratener Makrelen und die Großmutter, die sie zum Essen rief. Der Großvater, der danach wie tot auf dem Rücken im Gras lag. Dort, wo sie jetzt stand, am Tor, die Hände voll von Plastiktüten aus dem Supermarkt, hatte sie plötzlich den Geschmack von Sahne auf den Lippen. Sie dachte, das hier sei ein Denkmal, ein Ort, an dem sie über alles, was einst gewesen war, meditieren könne. Hier bin ich so stark geworden, dass ich später, wenn es notwendig wurde, den Stier bei den Hörnern nehmen konnte. Und seltsamerweise werde ich auch hier, ausgerechnet hier, dem Minotaurus gegenübertreten müssen. Das Labyrinth zieht sich unsichtbar kreuz und quer durch diese Stadt. Dieses Haus wird meine Basis sein. Mein Ruheraum. Wie damals. Sie trug Lebensmittel und Gepäck ins Haus.

In den großen Räumen war es eiskalt. Die Heizkörper im Erdgeschoss und im ersten Stock waren angeschlossen, aber sie konnten doch nur dafür sorgen, dass das Wasser nicht gefror. Sie schaltete im Mädchenzimmer im ersten Stock eine Heizsonne auf die höchste Stufe. Im »Mädchenzimmer«, nach den Mädchen, die in den großen alten Zeiten dort gewohnt hatten, und nach den neuen Mädchen, ihr und Stina. Den Ferienkindern aus Oslo. Sie ging von einem Zimmer ins andere und drehte die Heizkörper so weit auf, wie sie das nur wagte, sie hatte keine Sicherungen mitgebracht. Später schloss sie die Tür zum kleineren Wohnzimmer, dem, das hinter der zum Garten gelegenen Glasveranda lag, und machte in dem großen Kamin aus Speckstein ein Feuer. Sicherungen vergessen, na gut. Aber immerhin hatte sie daran gedacht, vor Ladenschluss den staatlichen Alkoholverkauf in Sandvika anzusteuern. Sechs Flaschen Rotwein. Die waren ja auch eine Art Sicherungen.

Sie zog den feuchten Sessel dicht vor den Kamin und trank Wein. Sie durfte in der jetzt vor ihr liegenden Zeit nichts vergessen. Vor allem nicht jegliche Art von Sicherungen. Sie bereute, den Tramper mitgenommen zu haben.

3

Wenn sie nun, in der Grauzone zwischen Schlaf und wachem Zustand, die Linien zurückverfolgte, dann überkam sie ein Gefühl der Macht. Das Gefühl, dass sie warten konnte. Dass die Zeit ihre Verbündete war. Ganz zu Anfang, vor allem in der Zeit vor der Urteilsverkündung, war sie vom Hass geblendet gewesen. Hatte das Gefühl gehabt, die Sache eile. Vielleicht vor allem, weil sie nicht die nötige Tatkraft besessen hatte. Sie wollte, konnte aber nicht. Sie war verheiratet und fühlte sich zu dem Versuch verpflichtet, die Ehe zu retten. Zwei Kinder im Teenageralter, die alles von ihr verlangten – Scheidung hin oder her. Jetzt lag sie im alten Haus ihrer Großeltern in dieser verschlafenen kleinen Stadt und putzte ihre Waffen. Im Mädchenzimmer. Dem Zimmer der Mädchen. Sie war nicht mehr vom Hass geblendet. Die Zeit hatte alles abgeschliffen, sie war kalt geworden, abgekühlt fast. Ihre Ehe war begraben. Die Kinder standen auf eigenen Beinen. Jeder seither vergangene Tag hatte ihr größere Schlagkraft gegeben. Sie hatte nicht geahnt, dass es so kommen könnte, an jenem Tag vor mehr als fünf Jahren, aber sie wusste jetzt, dass sie die ganze Zeit das Skalpell in die Flammen gehalten hatte.

Es war kalt im Zimmer. Kein Laut zu hören. Kein Wind, kein Regen, der gegen die Scheibe schlug, nichts.

Der Luxus der Stille, sie selber unter der warmen Decke, die Zeiger des Weckers, die sich auf halb zehn zu bewegten. Sie beugte sich aus dem Bett und schaltete die Heizsonne auf dem Boden ein. Das Geräusch des elektrischen Gebläses kam ihr vertraut vor, wiegte sie in den Schlaf. Der Geruch von verbranntem Staub führte sie in die Vergangenheit zurück. Rotglühende Drähte im herbstdunklen Zimmer. Stinas dünne Stimme aus dem anderen Bett. Und wenn uns jetzt etwas passiert, Rebekka. Wenn Oma und Opa sterben. Oder Mutter und Vater.

Schlaf jetzt. Du wirst erwachsen und dann begegnet dir ein Prinz. Das wird passieren.

Und du? Begegnet dir auch ein Prinz?

Das weiß ich nicht. Doch, vielleicht.

Stinas mageres Hinterteil auf dem Nachttopf. Das Zischen, die Pisse, die gegen das Porzellan prasselte.

Ich wollte keinem Prinzen begegnen. Ich wollte immer hier sein. So wie jetzt.

Sie stand erst auf, als das Zimmer mollig warm geworden war. Sie duschte ausgiebig, dann frühstückte sie unten in der altmodischen Küche. Eier. Speck. Schwarzer Kaffee und Toast. Ihr ging auf, dass sie noch nie allein in diesem Raum gewesen war. Und dass es ihr rein gar nichts ausmachte. Sie hatte das Gefühl, dass ihre Großmutter noch immer am Herd stand und ihr Großvater mit der Zeitung im Sessel vor dem Fenster saß. Stina, das Gesicht halb von ihr fortgewandt, mit über die Tischkante baumelnden Beinen, ein Stück Brot mit Marmelade in der einen Hand, die Puppe in der anderen. Die Neun-Uhr-Nachrichten im Radio, vielleicht auch eine Andacht.

Kein Laut.

Im Garten hatte der Wind alle Blätter von den alten Obstbäumen gefegt. Nur an den Johannisbeersträuchern hing noch hier und dort ein gelbes Blatt an den schwarzen Zweigen. Es roch herb und würzig, und unter ihren Stiefeln gurgelte es. Sie lief durch den Garten und rauchte die erste Zigarette dieses Morgens. Der blaue Drache löste sich in nichts auf. Unter ihr, hinter dem grün überwucherten Bretterzaun, lagen Stadt und Fjord. Sie konnte nasse Dächer sehen, und weiter draußen einen Frachter, der über den schwarzen Wasserspiegel glitt. Zwei Möwen balancierten auf den Windfängern über den Speicherhäusern am Hafen. Auf dem anderen Fjordufer: Nybyen, die Neustadt. Niedrige Villen an den bewaldeten Hängen. Offene Wunden dort, wo das Dynamit den Granit zerfetzt hatte, Baumaterialien, lehmige Böschungen. Eine Neusiedlergesellschaft, wo junge und ältere Menschen sich niedergelassen hatten, Kinder der Stadt und Zugezogene.

Sie glaubte, dass sie das alte Haus behalten würde. Sie wusste nicht warum, aber etwas am Anblick all dieses Neuen, dieser grauen, weiß und grün gebeizten Wände, der Aussichtsfenster, der Doppelgaragen und Terrassen, machte ihr klar, dass sie das Haus ihrer Großeltern wohl kaum zum Verkauf ausschreiben würde, so lange sie noch aufrecht stehen konnte.

Danach besuchte sie sie. Sie machte sich am Grab zu schaffen, entfernte zwei tote Stauden und stellte frische Blumen in die Vase vor dem polierten Stein. Plauderte mit ihnen, so wie damals, als sie noch lebten, nur ohne Bewusstsein. Sie hatten sich innerhalb von zwei Wochen verabschiedet, er zuerst, sie bald darauf; sie waren im selben Krankenhauszimmer eingeschlafen. Ein guter Tod. Sie erzählte ihnen, dass Stina sich offenbar nach ihnen sehnte, dass sie sich jedenfalls fort von hier sehnte.

Als sie die Stadt erreichte, hielt sie am Markt. Am Zeitungskiosk kaufte sie einen Stadtplan und eine Packung weiße Briefumschläge. Fast hätte sie auch die Osloer Zeitungen mitgenommen, riss sich aber zusammen. Sie wollte jetzt hier sein, wollte zu hundert Prozent hier sein; sie nahm stattdessen die Lokalzeitung. Es regnete, als sie den Kiosk verließ. Sie überquerte den Marktplatz und rettete sich ins Fønix, sie war seit zehn Jahren nicht mehr dort gewesen, das alte Hotel verfügte über eine Kombination aus Bar und Bistro mit Aussicht auf den Fjord.

An einem Fenstertisch beugten zwei Geschäftsmänner sich über Kaffee und Papiere. Ihre Mobiltelefone waren achtlos auf der Fensterbank abgelegt. Die beiden waren außer ihr die einzigen Gäste. Automatisch steuerte sie einen der anderen freien Fenstertische an, hielt dann aber inne und ging zum Tresen. Sie kletterte auf einen der hohen Hocker, mit dem Gefühl, etwas Verbotenes zu tun, ein Tabu zu brechen. Es war halb eins, sie saß in der Gebetshausstadt am Tresen, sie beschloss, den Wagen stehen zu lassen, und bat um einen trockenen Sherry.

Der Barmann lächelte sie an. Seine Haare waren dunkel gefärbt, mit einem Stich lila, und über seinem wohlgeformten Kopf nach hinten gestrichen. Am linken Ohr baumelte ein Ohrring der alten Sorte, das Ohrläppchen selber war unversehrt. »Eine gute Entscheidung, meine Liebe.« Er senkte die Stimme und nickte diskret zu den beiden Männern am Fenstertisch hinüber. »Mit dem Kaffee hier im Haus könnte man Nilpferde umbringen. Ich habe sie gewarnt, aber sie wollten nicht hören. So sind Jungs eben. Flirten gern mit dem Risiko. Sie wollten nicht einmal Sahne. Ja, ja. Gut, dass auf der Herrentoilette kein Gedränge herrscht.« Er zog die grüne Flasche aus einem Fach über dem Tresen und stellte ein Glas auf die Messingplatte. »Was zum Knabbern?«

»Nein, danke.« Sie lächelte.

Als ihr Glas gefüllt wurde, fragte sie: »Läuft hier abends irgendwas?«

Er lehnte sich mit der Hüfte ans Spülbecken und fischte eine Prince aus der Packung in seiner Brusttasche. »Was heißt schon, laufen... doch, es gibt eine gewisse Bewegung.« Er gab ihr mit einem altmodischen Ronson Feuer. »Aber dann gibt es ja auch noch das, was Lebensqualität genannt wird. Und die wirst du hier nicht finden.«

»Und wo finde ich sie dann?«

»Qualität?«

Sie zuckte mit den Schultern. »Stil.«

»Na ja. Die Frage ist doch, ob dieser Laden hier nicht das Anständigste in der ganzen Stadt ist. Jedenfalls nach zwölf. Aber es fehlt noch ganz schön viel, das kann ich dir sagen. Wir haben hier im Haus zwar keine rumänische Tanzkapelle, aber einige unserer Stammgäste würden sich sicher sehr darüber freuen. Wenn du Sinn für übergewichtige Gebrauchtwagenhändler mit gelben Schweißringen unter den Armen hast, dann schau am Freitagabend mal rein!«

Sie nickte. »Ich hab schon verstanden, dass du hier am Umsatz nicht beteiligt bist.«

Er zwinkerte ihr zu und ging dann zum Telefon, das am anderen Tresenende losfiepte. »Das wäre auch keine gute Idee, glaube ich.«

Sie überflog die Zeitung. Ein Neunzehnjähriger hatte draußen im Fjord einen Heilbutt von fast neunzig Kilo erwischt. Nach den starken Regenfällen der vergangenen Wochen war ein Teil der Küstenstraße eingebrochen. Die Diskussion über die Eingemeindung lief auf vollen Touren. Auf der Anzeigenseite, im Schatten von Bratwürsten, Apfelsinen und der lokalen Colavariante fand sie »Bauunternehmen Holand & Malmstrøm AS.« Strandgate 3. Zwei Telefonnummern. Fax. Sie faltete die Zeitung ordentlich zusammen und steckte sie zu Stadtplan und Briefumschlägen in die Einkaufstüte. Sie griff nach der Getränkekarte und legte das Geld auf den Tresen, dann ging sie. Er winkte ihr mit der rauchenden Zigarette zu, als sie sich in der Tür umdrehte.

Die Strandgate 3 war ein architektonisches Missgeschick aus der Mitte der sechziger Jahre. Ein dreistöckiges Betongebäude, belegt mit verschossenen Eternitplatten in Grün und Blau. Ein grobes Mosaik schmückte die Eingangspartie, sozialrealistische Darstellungen von Fischern und Industriearbeitern im Einsatz. Die Bilder erinnerten an die Graphikdrucke, die in ihrer Volksschulzeit in den Klassenzimmern gehangen hatten. Kunst für die heranwachsende Generation. Gruß, die sozialdemokratische Regierung.

Die Firma hatte sich im ersten Stock angesiedelt. Im Erdgeschoss befanden sich eine Bankfiliale, ein Herrenausstatter und die Löwenapotheke. Im zweiten trieben zwei Zahnärzte und ein Orthopäde ihr Unwesen. Bauunternehmen Holand & Malmstrøm teilte sich die Etage mit »BÜRORÄUME ZU VERMIETEN«.

Sie betrat den Löwen und kaufte eine Packung mit zwölf Paar Gummihandschuhen. Als sie wieder auf der Straße stand, beschloss sie, das wilde Leben fortzusetzen und doch den Wagen zu nehmen.

Nach dem Essen richtete sie sich im Wohnzimmer im ersten Stock ein Büro ein. So viel Platz war ein Luxus, sie schob den großen Esstisch ans Fenster, sie schmückte die Wände mit Bildern aus den unteren Wohnzimmern. Den abgenutzten Ledersessel konnte sie mit großer Mühe die Treppen hochschleppen und vor den Kamin stellen. Jetzt hatte sie alles auf einer Ebene, abgesehen von der Küche.

Alles auf einer Ebene, Luft und Raum – und Aussicht. Unter ihr lag der Garten im schwindenden grauen Licht, lagen Bäume und totes Gras. Eine zerbrochene Dachrinne gurgelte. Sie stellte ihren Laptop auf die große kahle Fläche und schloss den Drucker an. Ehe sie Papier hineinlegte, zog sie Gummihandschuhe an, sie waren aus weichem Gummi und klebten an ihrer Haut. Sie blieb eine Weile im Sessel sitzen und kostete das fremde Gefühl von Gummi auf Haut aus, betrachtete ihre Hand unter der grauweißen Haut, den fehlenden kleinen Finger als weiche Falte. Sie empfand ein leichtes Unbehagen, eine Art Klaustrophobie, und sie fragte sich, ob Männer sich so fühlten, wenn sie ein Kondom benutzten. Etwas an diesen engsitzenden Handschuhen, am Gummiduft, erregte sie. Nicht wirklich sexuell, jedenfalls nicht in erster Linie sexuell; es hatte eher mit Macht zu tun. Und mit Distanz. Sie nahm das Mobiltelefon aus der Tasche und gab ihren Code ein.

Der Anrufbeantworter hatte zwei Mitteilungen gespeichert. Die erste stammte von Harald. Er wollte wissen, wie es Stina ging. »Melde mich wieder.« Typisch Harald. Immer »melde mich wieder«, niemals »melde dich«. Deshalb rief sie ihn nie zurück, vielleicht wusste er das ja im Grunde schon. Die andere Nachricht stammte von Leo.

»*Hallo, hier ist Leo. Das war verdammt frech von mir, das weiß ich, aber egal. Ich will hier wirklich nicht die Klette spielen, wenn ich also bis Freitag nichts von dir gehört habe, dann buche ich das als Klartext. Aber wenn du noch immer in der Stadt bist und Lust auf eine Runde Gerede hast, dann gehe ich davon aus, dass ich dir ein Bier oder zwei schulde. Auf jeden Fall danke ich dir vielmals fürs Mitnehmen. Du erreichst mich unter dieser Nummer.*«

Und dann die Nummer.

O verdammt. Sie hatte ihm nicht einmal ihren Namen genannt. Sie war eine elende Dilettantin und sie beschloss, sich dem Schreibtisch niemals ohne Gummihandschuhe zu nähern.

Sie wählte Haralds Nummer und hatte Tina an der Strippe.

»Ich bin's, Rebekka. Du weißt schon, deine Tante. Dein Vater hat mir eine Nachricht hinterlassen.«

»Er ist gerade gegangen. Bist du im Haus?«

»Ja. Ich schlafe. Lese. Ferien im November.«

»Klingt gut. Vielleicht brenne ich zu dir durch. Die Schule ist gerade ein Höllenstress. Wie war's bei Mama?«

»Wie immer, fürchte ich.«

»Wir waren am Dienstag da, alle drei. Papa war danach total fertig. Gunnar auch.«

»Und du?«

»Ich werde mich nie daran gewöhnen. Manchmal...«

»Ist schon gut. Denk es, aber sag es nicht laut. Warte eine Weile bis zum nächsten Mal. Es bringt nichts, da jede Woche anzutanzen. Es ist absolut erlaubt, an sich selbst zu denken. Sie lebt in ihrer eigenen Welt, und wir können nichts daran ändern.«

»Aber sie scheint mich nicht einmal zu erkennen. Und die anderen auch nicht.«

»Weißt du noch, was ich dir beim letzten Mal versprochen habe? Dass ich auf alle Floskeln verzichten würde? Und dir den Spruch ersparen, dass es schon wieder in Ordnung kommt?«

»Mm. Das glaubst du nämlich nicht.«

»Ich glaube gar nichts. Aber ich sehe dasselbe wie du. Und du bist achtzehn. Erwachsen.«

»Kann ich dich mal an einem Wochenende besuchen? Ich meine, Papa sagt doch, dass du eine Weile da unten bleiben willst.«

»Später. Erst muss deine Tante ihre Wunden lecken.«

»Tut es weh?«

»Weh?«

»Fehlt Onkel Konrad dir?«

»Spinnst du? Gib Papa einen Kuss von mir, ja? Auf die Wange, meine ich. Und sag Gunnar, dass ich im Tetris über zweiunddreißigtausend hinaus bin.«

»Er surft jetzt auch im Net. Ich glaube, er fand Tetris langweilig, nachdem er die Vierzigtausend geschafft hatte.«

»O verflixt. Dann gib ihm lieber einen Tritt in den Hintern. Und, Tina?«

»Ja?«

»Spiel nicht seine Mama. Seine Mama liegt im Krankenhaus, klar? Wenn er sie sehen will, dann muss er zu ihr gehen. Das tut weh, aber so ist es nun einmal.«

»Das weiß er doch. Er ist elf. Und ziemlich clever.«

»Ich bin auch ziemlich clever. Deshalb sage ich, du sollst dich damit begnügen, seine Schwester zu sein. Manchmal wechseln wir Frauen die Rollen, ohne uns darüber im Klaren zu sein.«

»Wir Frauen«. Zum ersten Mal hatte sie das zu der Kleinen gesagt. Sie starrte das grüne Display an, ehe sie das Telefon ausschaltete und wieder in ihre Tasche legte. Sie fragte sich, wie sie sich Leo gegenüber verhalten sollte. Sie ging zum Auto hinunter und holte die eiskalte Puppe ins Warme. Hängte sie an den Leuchter. Der alte Matrosenanzug wirkte im scharfen Licht besonders verschossen, und als die Puppe an ihrer Schnur hin und her schwenkte, tanzte der Schatten lustig über Wände und Boden.

4

Sie nahm die Küstenstraße. Das Meer lag schwarz und tot auf ihrer rechten Seite, und wieder fiel Schneeregen. Die Fahrbahn war glatt und unangenehm. Es war kurz nach elf, das Lokalradio füllte den Wagen mit Rock und Schnickschnack. Sie dachte an Leo. Sie dachte, dass er dort bleiben sollte, wo er war, bis auf Weiteres jedenfalls. Sie ärgerte sich, dass sie die Telefonrechnung auf dem Armaturenbrett vergessen hatte; er gehörte zu denen, die sich Einzelheiten einprägten. Ihre Nummer. Ihren Namen. Vermutlich auch ihre Adresse in Oslo. Keine Klette, hatte er gesagt. Aber darauf konnte sie sich nicht verlassen. Wenn er dichter an sie herankroch, würde sie überlegen müssen, wozu sie ihn brauchen könnte.

Sie erreichte die Stelle, an der die Straße eingestürzt war. Gemeindearbeiter. Selbstleuchtende orange Westen, rotierende Lampen auf Lastwagen und Bulldozern. Die übliche Bande aus den Witzen über Gemeindeangestellte, vier Männer, die herumstanden, rauchten und ins Leere starrten. Sie wurde am Unglücksort vorbeigewinkt, über eine schmale provisorisch aufgeschüttete Fahrbahn. Sie hatte das Gefühl, ins Meer zu fahren, und ohne es zu wollen, hielt sie den Atem an, bis sie den feuchten Asphalt auf der anderen Seite erreicht hatte. Hundert Meter dahinter bog sie nach rechts ab, in Richtung Nybyen. Als sie beim Stjernesti angekommen war, drosselte sie ihr Tempo, jedoch nicht so, dass es auffällig gewirkt hätte. Spielende Kinder. Wir können keins entbehren. Hier waren jetzt keine Kinder, aber sie dachte trotzdem, »wir können keins entbehren«. Dass niemand jemanden entbehren kann. Die leuchtenden Fenster glitten auf beiden Seiten vorüber. Ein Mann stand in einer Küche am Herd. Eine junge Frau mit einem Kind in einem Wohnzimmerfenster, sie schauten auf den dunklen Fjord hinaus, vielleicht aber auch auf die rotierenden Lichter der gemeindeeigenen Fahrzeuge. Rebekka gefiel diese dichte Besiedlung. Die Menge von Häusern auf einem verhältnismäßig kleinen Gelände. Hier sprachen die Leute über den Gartenzaun miteinander. Hier würde das Feuer sich rasch ausbreiten.

Stjernestien 37 war ein ziemlich kleines Einfamilienhaus, errichtet, nachdem die großen Aussichtsfenster und die geschmacklosen Veranden aus der Mode gekommen waren. Fertighaus, Typ »alte Südküste«, Giebel und in kleine Flächen unterteilte Fenster. Das Haus war in einem warmen Rotton gestrichen, das sah sie, als das Licht der Fahrzeuge über die Wand streifte, als sie eben um die Kurve bog. Sie fuhr weiter und die rote Farbe zerfloss wieder im Schwarzen. Im Erdgeschoss brannte Licht. Ein weiches gelbes Licht, vielleicht der Widerschein eines Kamins. In der Auffahrt stand der rote Toyota, dessen Nummer sie schon längst auswendig kannte, achtlos schräg vor den unterschiedlich gefärbten Mülltonnen. Sie schaltete herunter und fragte sich, ob er den Müll wohl sorgfältig sortierte oder ob er das alles ihr überließ. Sie war auf seine neue Frau neugierig, neugierig darauf, wer sie war, wie viel sie über den Mann wusste, mit dem sie jetzt ein Kind gezeugt hatte. Bisher wusste Rebekka nicht viel mehr, als dass diese Frau Nina hieß und auch in dieser neuen Beziehung ihren eigenen Namen behalten hatte. Granum, hieß sie. Nina Granum. Sie war jung. Noch keine dreißig. Jung genug, um anderswo einen neuen Anfang zu machen, falls ihr das zu irgendeinem Zeitpunkt verlockend vorkommen sollte. Der Boden wurde steiler, sie fuhr an den höchstgelegenen Häusern vorbei und erreichte die neue Sporthalle und den Parkplatz. Die Luft schlug ihr kalt und feucht ins Gesicht, als sie bald darauf den halb verwischten Pfad zum Aussichtspunkt einschlug. Hier unten war kein Mensch. Nur die leere Bank, die in die Felswand eingegossen war, um zu verhindern, dass das Wetter oder vielleicht betrunkene Jugendliche sie den Hang hinunterwarfen. Die Bank hatte dort gestanden, so weit Rebekka sich zurückerinnern konnte. Sie gehörte zu ihrer Kindheit. Der Großvater hatte in die andere Richtung geschaut, als sie ihre Initialen in das feuchte Holz geschnitzt hatte. Sie setzte sich. An klaren Tagen konnte man von hier aus bis zum Leuchtturm blicken. Jetzt sorgte das dichte Schneegestöber dafür, dass sie mit Mühe die grünblauen Lichter unten am Anleger sah. Sie mochte dieses Wetter. Es spann sie in einen sicheren Kokon ein, sie saß ganz still da und ließ sich von feuchtem Schnee zudecken. Und wieder überkam es sie, dass sie zum ersten Mal seit ihrer Kindheit über ein Meer an Zeit verfügte. Ein unvorstellbarer Luxus, dem zwanzig Jahre der Berufstätigkeit sie ganz und gar entwöhnt hatten. Sie stellte sich die leeren Zimmer im alten Haus vor. Den Kamin. Die große, fast nackte Tischplatte vor dem Fenster. Die Puppe. Von niemandem erwartet. Ganz in der eigenen Welt.

Der Gedanke an Leo machte ihr keine Sorgen mehr.

Aus dem Nachtbuch:
Er hat es jetzt so gut! Ein kleines Puppenhaus, und der Wald ganz dicht in der Nähe. Wenn er von der Arbeit nach Hause kommt, hat sie sicher das Essen schon fertig. Oder vielleicht nicht? Jedenfalls ist sie mit dem Kind zu Hause. Meine Anfangsbuchstaben ruhen noch immer geborgen in dem alten Holz. Hier haben wir gesessen und uns weit weggeträumt. Seltsam. Dieses neue Stück auf der alten Bühne zu spielen. Manchmal habe ich das Gefühl, dass bestimmte geographische Punkte uns festhalten, dass sie unser ganzes Leben hindurch einen Teil unseres Unterbewusstseins ausmachen. Ein Teil von mir scheint immer hier unten gewesen zu sein. Wenn ich durch die alten vertrauten Zimmer gehe, scheint die Zeit ausgewischt zu sein, ich ertappe mich dabei, dass ich mit den Toten spreche, dass ich Lieder für Menschen singe, die nicht mehr da sind. Und das mit dünner Mädchenstimme. (Mama?

Wohnt Gott in dem alten Apfelbaum beim Brunnen? Stimmt es wirklich, dass er sein kleines Kind zu mir heruntergeschickt hat?)
Nina Granum. Kristiansand.
Ich weiß nicht, wo sie ihn kennen gelernt hat.
Derzeit nicht berufstätig. (Mutterschaftsurlaub? Ausbildung? Beruf?)
Ich weiß fast nichts, und das macht mir zu schaffen, denn ich glaube, ihr geht es genauso.
Sein Wagen stand vor der Garage. Gleichgültigkeit? Oder hat sie ein eigenes Auto, das den Platz dort drinnen besetzt? Ja. Das glaube ich. Hier draußen kann niemand ohne Auto wohnen. Oder einkaufen. Kann gar nichts. Natürlich kann er sie in einen Turm gesperrt haben, aber das ist unwahrscheinlich. Er gibt sich doch gern als moderner Mann.
Ich glaube, sie kauft bei Spar unten in Stranden ein. Das ist der nächstgelegene Supermarkt.
Niemals die Gummihandschuhe vergessen. Niemals auf der Festplatte speichern. Immer die Diskette in der Tasche haben.

Sie steckte den Korken in die Rotweinflasche und ging ins Bett. Für einen Moment wäre sie gern aufgestanden und hätte die Gummihandschuhe wieder angezogen, sich vielleicht mit dieser neuen Distanz erforscht, dieser neuen Hautschicht, aber sie war müde. Der Wecker auf dem Nachttisch zeigte fast drei und war auf halb acht gestellt.

Sie drehte sich auf die Seite und schob sich die Hand in den Schritt. Vor dem Einschlafen dachte sie, dass sie sich auf das Wiedersehen mit ihm freute. Dass es das pure Vergnügen sein würde, Niels Petter Holand wieder zu sehen.

5

Sie hatte ihn schon so oft umgebracht. Wieder und wieder hatte sie ihn umgebracht, doch dann war ihr aufgegangen, dass sie ihm das Leben geben musste, dass der Tod keine Strafe bedeutete, keine Sühne, sondern nur Dunkelheit oder etwas anderes, vielleicht etwas Besseres. Sie wollte ihm die Möglichkeit geben, selbst zu entscheiden. Tod oder Leben. Er sollte hier durch die engen Gassen gehen und das Kreuz tragen, das sie für ihn ausgewählt hatte.

Sie hatte nicht gefrühstückt. Ihr war schlecht von den Zigaretten. Der Rauch hing schwer und grau im Wagen; die tief hängende Wolkendecke trieb durch die Straßen, das Wetter war milder geworden, der feuchte Schnee schmolz. Wenn auf der Straße ein Auto vorüberfuhr, ließen die Reifen Wasser und Matsch gurgeln.

Sie hatte schon oft so dagesessen. Allein mit den Zigaretten in einem kalten Auto oder in einem warmen Auto, in einem Auto in Regen und Schnee oder bleichen Sommernächten. Sie hatte ihr eigenes inneres Bild des Einfamilienhauses draußen in Asker. Ein Bild der dunkel gebeizten Bretter zwischen den Apfelbäumen. Der Treppe mit den rissigen Platten. Sie hatte gedacht: ich warte auf dich, bis du kommst. Und er kam. Nicht immer, aber oft kam er. Allein oder zusammen mit anderen.

Er war ein gut aussehender Mann. Er kam allein oder zusammen mit anderen, aber er war der natürliche Mittelpunkt, sogar in der Einsamkeit; er hatte die Ausstrahlung eines jungen starken Raubtieres, das sich selbst genug und anderen eine Freude ist. Er war ein Mann, den eine Frau unter vielen aussuchen würde, und der selbst viele aussucht. Im Sommer braun gebrannt in Khaki und weißen T-Shirts, in pastellfarbenen und dunkelblauen Blazern. An den Herbstabenden in langen Mänteln, die seine breiten Schultern und die schmalen Hüften betonten. Er war ein Einzelgänger und schämte sich nicht, das zu zeigen.

In einer der Nächte, in denen er verreist gewesen war, wie sie wusste, hatte sie den Garten betreten. Es war im Frühling; Regen, Geruch von Erde und Lehm. Das Haus lag dunkel da, nur über der blau angestrichenen Haustür brannte eine Lampe. Sie war auf die Rückseite gegangen und hatte ihr Gesicht gegen das Küchenfenster gepresst. Ein abgebeizter Tisch aus Kiefernholz mit einem Leuchter aus Messing. Auf der Anrichte ein Mixgerät und eine Kaffeemaschine. Ein Satz Messer in einem Marmorblock. Keine Junggesellenunordnung, alles perfekt, sie sah ihn vor sich – wie er Krümel vom Holzbrettchen wischte, wie er Besteck, Gläser und Teller in die Spülmaschine einsortierte, sie hörte das Geräusch, mit dem der Rasierer die widerspenstigen Bartstoppeln entfernte, im Hintergrund die Neun-Uhr-Nachrichten, sie hörte ihn einen Schlager singen, während unter der Dusche das Wasser über ihn dahin strömte, sie hörte Frottee auf sonnendunkler Haut und das Knistern gestärkter Hemden.

Das Wohnzimmer. Schieferkamin. Sie hatte auf der Veranda gestanden und den grauen Kamin im grauen Licht gesehen, das schwarze Ledersofa, den Tisch mit der Glasplatte, die Stereoanlage, die alte Kommode und das Bücherregal. Es war ein gut gefülltes Bücherregal, aber die Titel blieben im Dunkeln; der Druck von Widerberg an der Wand über der Seekiste überraschte sie, sie wusste nicht genau, warum.

Später war sie nach Hause gefahren und hatte gesagt, es sei ein guter Film gewesen.

Der Nebel wurde dichter. Zehn vor neun. Sie nahm sich noch eine Zigarette, drückte sie aber sofort wieder aus. Der Anblick des überfüllten Aschenbechers war ihr zuwider, sie riss ihn heraus und leerte ihn in eine vergessene Plastiktüte, die sie im Handschuhfach entdeckt hatte. Schräg gegenüber auf der anderen Straßenseite sah sie im Lichtkegel unter dem Mast einen Papierkorb; sie fühlte sich besser, sowie sie den Wagen verlassen hatte und ihre Lunge mit Luft füllen und den Wind im Gesicht fühlen konnte.

Sie hatte auf den roten Toyota gewartet.

Und dann kam er zu Fuß. Sie entdeckte ihn ein Stück weiter unten in der Straße, als sie gerade die Plastiktüte in den Mülleimer steckte, sie ging zum Auto zurück, drehte den Zündschlüssel. Und während der Motor unter der Motorhaube knurrte und die Auspuffgase sich mit dem Nebel vermischten, sah sie ihn auf sich zukommen, wie sie das so oft gesehen hatte, die Hände in den Manteltaschen, sorglos, ganz glatt und unschuldig.

Damals war sie davon überrascht gewesen. Dass ihm nichts anzusehen war. Dass es dieser Mann aus der Hugo-Boss-Reklame war, der breitbeinig dagestanden und behauptet hatte, gar nichts zu begreifen. Keine Ahnung zu haben, wovon hier die Rede war. Es war diese sorglose Normalität, mit der sie nicht leben konnte, die sie nicht länger ertragen wollte.

Er lief, mit einer braunen Aktentasche unter dem Arm, die letzten Stufen vor der Haustür hoch und war verschwunden.

Sie hatte ihn vor mehr als zwei Jahren zuletzt gesehen. Er war noch immer derselbe.

Sie fuhr zum Stjernesti hinaus. Die Straßenarbeiten waren noch immer nicht abgeschlossen, sie geriet im glitschigen Matsch ins Schlingern. Das rote Haus auf halber Hanghöhe strahlte eine verschlafene Ruhe aus, die Harmonie der Bausparkasse, dachte sie, das muss ich auseinander reißen. Das hier werde ich zerstören. Fünfzig Meter weiter fand sie zwischen zwei Autos eine Parklücke und hielt.

Warten. Ich habe das Warten so verdammt gut gelernt. Als ich jung war... da habe ich die Leute mit meiner Ungeduld in den Wahnsinn getrieben.

Der Wagen stand wie beim letzten Mal in der Auffahrt. Hatte er den Bus genommen? Oder hatte sie ihn gefahren? Sie musste sich mit seinem täglichen Verhaltensmuster vertraut machen, musste sich darüber informieren, wie damals, als er noch in Asker wohnte.

Der gelbe Bus fuhr auf dem Weg zum Aussichtspunkt und zur Wendestelle an ihr vorbei. Jetzt sah sie, dass es nur zwanzig Meter unterhalb des Hauses eine Haltestelle gab. Es stimmte also. Er war ein moderner Mann, ohne Sinn für Pausenbrote, er aß mittags auswärts, gerne zu einem Glas Wein, oder mehreren. Wo? Vielleicht im Fønix. Leicht zu überprüfen.

Sie wartete eine Stunde. Die Übelkeit stellte sich wieder ein, sie musste etwas essen, jetzt musste sie etwas essen, und dann stand plötzlich Nina Granum auf der Treppe, mit einem für vierzig Grad minus eingewickelten Kind. Sie trug einen rostroten Mantel und eine passende Baskenmütze, einen langen grünen, auf französische Art arrangierten Schal und hohe braune Lederstiefel. Aus dieser Entfernung war es unmöglich zu sehen, ob sie schön war oder nicht, aber ihre goldenen Haare wogten üppig über ihre Schultern.

Der Kindersitz. Das Kind hasste den Kindersitz. Rebekka registrierte eine fehlende Entschiedenheit in Nina Granums Umgang mit einem alltäglichen Problem, eine fehlende Entschiedenheit, die das Kind noch wütender werden ließ.

Das ergab einen Sinn. Es war ja so richtig. Die Bewegungen dieser Frau hatten etwas Unbeholfenes, Jungmädchenhaftes, das zu der Selbstsicherheit passte, die Niels Petter Holand ausstrahlte. Passte. Dazu.

Wo hatte Nina ihn kennen gelernt? Auf einem Fest? In einem Lokal? Rebekka stellte sich Niels Petter Holands weißes Lächeln vor, seine braunen Hände mit den schwarzen Haaren, es waren schöne Hände, sie hatte in einem Buchladen hinter ihm an der Kasse Schlange gestanden und gesehen, wie er mit seiner VISA-Karte ein Buch über Segelboote bezahlte, und sie hatte gedacht: das sind schöne Hände. Sie war ihm in den Buchladen gefolgt und hatte zugesehen, wie er ein Buch über Segelboote kaufte. Sie hatte an geblähte Segel und offenes Meer gedacht, Meer als das Symbol der Freiheit, der Möglichkeiten, die vor einem Menschen lagen. Und sie stellte sich diese Hände fern von Ruder und Tauwerk vor, zwischen weißen Oberschenkeln, Lederhaut auf schwarzer Seide, ob er ein guter Liebhaber war? Fest stand, dass er jetzt einen Hafen gefunden hatte, dass hier der Hafen war, den Niels Petter Holand für sicher hielt, für endgültig.

Als Nina Granum auf die nasse Straße abbog, fuhr sie ihr hinterher.

Am Vortag hatte sie auf Spar unten in Stranden getippt, aber Nina Granum fuhr in die Stadt. Im Zentrum suchte sie sich einen Weg durch die engen Gassen und hielt am Marktplatz. Sie setzte das Kind in eine Karre und ging in Richtung Warenhaus, einem architektonischen Fehltritt im Stil des Hauses, in dem ihr Mann Büroräume gemietet hatte.

Das geht nicht. Das ist nicht richtig. Ihr zieht in dieselbe Richtung, und das ist nicht richtig. Sie hatte eine

Erinnerung aus ihrer eigenen Kindheit. Es musste in den Herbstferien gewesen sein, denn die Nacht war pechschwarz, sie war ein Schulmädchen, vielleicht zehn oder elf. Sie war davon aufgewacht, dass ihr Großvater im Zimmer stand.

»Jetzt musst du kommen, Rebekka. Das musst du sehen!«

Sie hatte gefragt, ob Krieg sei. In der Stimme ihres Großvaters lag ein Zittern, das sie beunruhigte, die Erwachsenen sprachen immer über den Krieg wie vom Gegenteil zu der Geborgenheit, von der sie sich umfangen fühlte, und das hier, der Großvater, der sie mitten in der Nacht weckte, war anders als alles, was sie bisher erlebt hatte.

»Es ist kein Krieg. Jetzt komm. Hier sind deine Pantoffeln.«

Als sie aus dem Mädchenzimmer ins Wohnzimmer im ersten Stock kam, sah sie die Großmutter am Fenster stehen, mit dem Rücken zur Tür. Sie hatte einen Schal um die Schultern geworfen, aber ihre Füße standen nackt auf dem Teppich. Und in dem dunklen Zimmer, in dem keine Lampe brannte, tanzten orangene Funken und Schatten über die Wände.

»Es ist doch kein Krieg«, wiederholte der Großvater, »sondern der Kragstadhof, der brennt.«

Die Großmutter weinte.

Unter ihnen lag die beleuchtete Innenstadt. Das dreistöckige Holzhaus, das den östlichen Teil des Marktplatzes einrahmte, brannte lichterloh. Die Flammen schlugen himmelhoch in die Herbstnacht, der Wind kam wie ein Blasebalg vom Fjord, die Feuerwehrleute wichen vor den Windstößen zurück. Der Kragstadhof brannte, war aufgegeben worden, es ging jetzt darum, die übrigen Holzhäuser zu retten. Es war beängstigend. Bis jetzt waren Feuer und der Geruch von brennendem Holz mit der Geborgenheit in diesem Haus verbunden gewesen. In Oslo wurde nicht mit Holz geheizt, aber wenn sie und Stina im Herbst und Winter herkamen, gehörten die schwarzen blanken Öfen zu dem Bild, nach dem sie sich immer sehnten. Der Feuerschein hinter dem silbernen Gitter, das Knistern und der würzige Dampfgeruch erzeugten einen Zauber, der sie später nie wieder ganz losließ. Sie hatte noch immer den Geschmack der Brotkuchen im Mund, die die Großmutter in der Küche direkt auf der Ofenplatte buk, sah vor sich die riesigen Fäuste des Großvaters, die am nächsten Morgen hauchdünne Holzspäne zum Anzünden zurechtschnitten.

Aber in dieser Nacht. In dieser Nacht erlebte sie, wie die Geborgenheit aus sich heraustrat, wie das Gute sich vor ihren Augen verwandelte, zu einem Ungeheuer wurde, einem lebendigen Albtraum. Darin lag eine Brutalität, die ihr Angst machte, es waren außer Kontrolle geratene Kräfte, die an dem alten Haus rissen und zerrten. Die Hitze brachte die Fensterscheiben zum Bersten, dumpfes Dröhnen drang aus dem Inneren des Gebäudes zu ihnen. Sie dachte an die Bäckerei und den Tabakladen, an die Flammen, die über die abgenutzten Holztresen huschten, über die Regale mit Broten und Brötchen, die Gestelle mit den Illustrierten, und vor allem dachte sie an das ächzende Geräusch der Tür zum Hinterzimmer des Tabakladens, wo der alte Mann hinter dem Tresen sich aufhielt, wenn keine Kundschaft im Laden war. Sie dachte, jetzt stirbt ein Geräusch im Dröhnen der Flammen, ein ganz normales kleines Geräusch, von dem ich nicht einmal wusste, dass ich es im Ohr habe, das weiß ich erst jetzt.

Später hatte sie mehrere Stunden wach gelegen. Ihr Körper war aufgewühlt gewesen, und wenn sie die Augen schloss, dann wogte ihr das Flammenmeer entgegen. Sie legte die Hand in den Schritt, und am nächsten Morgen war sie eine andere.

Wenn sie das unschöne Warenhaus betrachtete, dann glaubte sie, in der grauen Fassade den Umriss des stolzen alten Holzgebäudes zu erkennen. Der Kragstadhof tauchte vor ihr auf, so, wie er gewesen war, mit seinen Erkern, Türmchen und Drachenköpfen.

Mir ist so schlecht, dachte sie. Mir ist so verdammt schlecht.

Sie schloss das Auto ab und überquerte den Marktplatz in Richtung der Schwingtüren, die sich hinter Nina Granum und dem Kind schlossen.

6

Der Fjord liegt still da. Ein Frachter hat die Mole verlassen und strebt fast lautlos auf den Rand des Blickfeldes zu. Vom Leuchtturm her ist das Nebelhorn zu hören, schwere Stöße in der Watte. Von den Dächern und Dachrinnen der Lagerhäuser tropft und sickert es.

Der Hafen war immer Sperrgebiet gewesen. Hierhin ging man mit dem Großvater, aber niemals allein. Jetzt läuft sie am Hafenbecken entlang, und der alte Mann scheint sie zu begleiten. Auf halbem Weg zur Spitze liegt ein offenes Fischerboot, ein junger Fischer lädt Kästen mit Kabeljau und Seelachs ab, er spuckt braun ins Wasser, und sie sieht, wie ein Ölfleck in allen Farben des Regenbogens explodiert. Sie denkt: zerstörerisch und schön, wie der Brand, oder wie das, was brennend in meinem Hinterkopf liegt.

Sie kauft einen Kabeljau, er liegt rot und schön in den Händen des Fischers, dann wird er in die Zeitung von gestern gewickelt. Sie bekommt ihn in einer weißen Plastiktüte, und als sie ihn entgegennimmt, spürt sie, dass der Fisch noch nicht tot ist, dass er unter ihren Händen seinen Körper anspannt; dort liegt er und ertrinkt langsam im Sauerstoff.

Im Fønix war es halb voll, aber kein Holand hatte sich zum Mittagessen eingefunden. Es war kurz nach eins. Sie setzte sich wieder an den Tresen.

»Und hier ist wie üblich Sherry angesagt?« Er kehrte ihr den Rücken zu, als er das sagte, sein Blick richtete sich auf das Spiegelregal.

»Nein, ich glaube, das sollte nicht zur Gewohnheit werden. Lieber eine Kanne Tee.«

»Mit einem Spritzer Zitrone vielleicht?«

»Das klingt gut.«

»Und einem Stückchen Kuchen?«

»Nein, danke, ich habe eben erst gegessen.«

Lachs und Rührei in der überfüllten Cafeteria des Warenhauses. Geschrei und Gebrüll und schlechte Luft, künstliche Blumen und überfüllte Aschenbecher. Sie hatte sich in die Nichtraucherabteilung gesetzt und halbwegs mit dem Gedanken gespielt, sich diese Unsitte abzugewöhnen. Im Zigarettenrauch auf der anderen Seite des Lokals saß Nina Granum mit Einkaufstüten und Kind, das Kind auf einem Kindersitz, die Einkaufstüten auf dem Boden, Niels Petter Holands Lebensgefährtin mit einer Filterzigarette im Mund und einer Kaffeetasse auf dem Tisch.

Sie war schön. Klare Züge und hohe Wangenknochen, schön geschwungene Augenbrauen. Jung. Mitte zwanzig. Ein ganzes Leben lag vor ihr.

Worüber redet ihr, Nina? Wenn das Kind gebadet ist und im Bett liegt? Was *sagt* ihr, wenn der rote Wein die

Gläser füllt und ihr im Kamin in der Ecke Feuer gemacht habt? Wer ist Niels Petter Holand an einem ganz normalen Novemberabend? Und wer wirst du sein, wenn das alles hier vorüber ist?

»Die Leute sind doch verrückt!« Er schob ihr die Teekanne hin und stellte eine Tasse und Schälchen mit Zucker und Zitrone dazu. »Heute hat ein Typ gefragt, ob ich ihm Kokain besorgen könnte. Was sagst du dazu? Ich meine, *ausgerechnet hier*!«

Sie ließ sich Feuer geben. »Gibt es hier Mittagstisch?«

»Warme Gerichte, meinst du?« Er schüttelte den Kopf. »Das ging nicht. Die feste Kundschaft fühlt sich an der Nase herumgeführt, wenn wir ihr einen delikaten Leckerbissen auf den Tisch stellen. Wenn schon, dann wollen sie alles, Kartoffeln und Soße, oder belegtes Brot. Der große Hit ist Fischpudding mit drei toten Krabben, serviert auf sozialdemokratischem Graubrot von gestern. Majonnaise und Petersilie bekomme ich zurück. Aber eines Tages, wenn du glaubst, eine Belohnung verdient zu haben, dann solltest du bei der Harfe am Strandkai vorbeischauen. Grüß Samos von Frida im Fønix und sag, er habe dich geschickt. Dann bekommst du geräucherte Entenbrust in Orangensoße, und du kannst das alles mit einem Trinkhalm verzehren. Aber jetzt muss ich mich hier in der Ecke um einen kleinen Freund kümmern.«

Nina Granum hatte die Lokalzeitung gelesen. Ehe sie ging, riss sie einen Artikel oder eine Anzeige heraus, sie faltete das Papierstück zusammen und steckte es ins Portemonnaie.

Rebekka hatte sich die Zeitung gesichert. Auf Seite 16 fehlte ein Viereck, unter der Überschrift »Veranstaltungen, Vereinsleben u. ä.«.

Als sie ihr eigenes frisch gekauftes Exemplar öffnete, konnte sie feststellen, dass Nina Granum mit dem Gedanken spielte, sich zu einem Keramikkurs in der Grundschule von Nybyen anzumelden.

Ja, ja, dachte sie. Was sein muss, muss sein.

Die Harfe? Die nehme ich mir morgen vor.

Aber dann hörte sie seine Stimme. Noch nach zwei Jahren erkannte sie seine leicht verschliffene Sprechweise. Sie fuhr zusammen, doch die Hand, die die Tasse hielt, blieb ganz ruhig, das sah sie immerhin. Er sagte etwas über einen Film, als er hinter ihr vorbeiging und zusammen mit einem anderen Mann die belegten Brote ansteuerte, sicher war das sein Kompagnon oder ein Angestellter. Sie füllten ihre Teller und baten um Bier. Bezahlten und setzten sich.

Frida zwinkerte ihr zu. »Zwei mit Fischpudding.«

Fischpudding und Bier. Er hatte andere Gewohnheiten gehabt, damals, als sie beschloss, ihn kennen zu lernen.

Sie ging zum Telefon auf dem Flur und meldete sich zu dem Keramikkurs an.

Während der Kabeljau in der Pfanne braun wurde und die Mandelkartoffeln kochten, trank sie große Schlucke

Rotwein und dachte an Leo. Dass sie ihn anrufen würde. Dass sie ihn nicht anrufen würde.

Zuerst hatte sie das für unklug gehalten, diese Sache musste sie allein durchziehen. Trotzdem: Sie konnte ihm doch gerade so viel geben, wie sie selbst wollte. Ihn als Soldaten anwerben und ihn in den Krieg schicken, sollte sich das als notwendig erweisen. Ja, in den Krieg, Leo. Mit auf den Rücken gefesselten Händen und verbundenen Augen!

Sie dachte an seinen Blick, an den kleinen Finger, den sie nicht mehr hatte.

Der Fisch schmeckte wunderbar. Sie hatte es gut. Endlich hatte sie es gut.

Aus dem Nachtbuch:
Ich habe das Gefühl, bereits die Hände in den weichen Ton zu schieben. Es ist widerlich und ein bisschen schön. Ich hasse Keramik. Klobige Tassen und Schüsseln und Aschenbecher, die sich als Mordwaffen eignen. Es wird Spaß machen, jedes einzelne Produkt unten im Garten zu rotem Staub zu zerschlagen.
Sie zieht wütend an ihrer Zigarette. Das tut gut. Rauchende Menschen streben immer zueinander. Bestimmt trinkt sie auch gern einen. Ich rede sie schon mit Vornamen an. Heute hat sie gesagt: Rebekka! Um mich herum brennt es! Die ganze Welt hat Feuer gefangen!
Aber sie hat mich. Sie weiß es nicht, aber sie hat mich. Egal, was passiert, sie hat mich.

Fischpudding und Bier. Will er dem Volk aufs Maul schauen oder ist er nicht ganz bei Kasse?
Heute Morgen war es so schön! Das gelbe Licht des Wohnzimmers, das in den Nebel hinausfiel. Aus dem Schornstein stieg Rauch auf, sie heizen mit Holz, wie Oma und Opa. Ich saß da und erinnerte mich an die Düfte von damals, an den Geruch von Birkenholz und frisch gekochtem Kaffee. Der kleine Junge ist so niedlich! Nina sitzt mit dem Morgenkaffee in der Küche, während der kleine Mann sich auf Legosteine und seine Holzeisenbahn konzentriert. Dieses Bild ist wirklich ganz lebendig.
Ich weiß nicht, was ich mit Leo machen soll. Wer ist er? Was macht er hier unten in einem Ferienhaus, mitten im Winter? Was macht er, wenn er den Sommer über in Oslo ist?
Vielleicht sollte ich mich darüber informieren, ehe ich mich bei ihm melde. Oder es lasse.

Danach ging sie in den dunklen Garten hinaus und pinkelte auf die Kellerluke. Es war so lange her. Der Urin roch ein wenig, er floss so fröhlich am Holz hinab, und die Erde saugte ihn zwischen ihren Füßen auf.

Die Kunst der Balance, dachte sie. Immer wieder habe ich mich nassgemacht, aber am Ende hatte ich es dann gelernt. Wenn mich jetzt jemand sieht. Niemand sieht mich. Damals hat mich niemand gesehen, niemand sieht mich jetzt.

Sie war ein wenig beschwipst. Nur ein wenig. Es war

schon halb zehn. Sie ging ins Haus und holte ihren Mantel; der Nebeltag war in einen klaren Winterabend übergegangen, schöne Luft, gerade kalt genug.

Als sie den Hang hinab in die Stadt fuhr, dachte sie an den kontinuierlichen Zerfall von Körper und Geist, der im Grunde im Moment der Empfängnis einsetzt, in der Sekunde, in der feststeht, dass man unterwegs in eine Wirklichkeit ist, in der alle Ausgänge vom Tod bewacht werden. In den niedrigen Holzhäusern auf beiden Seiten saßen Menschen jeden Alters und starben langsam, während sie sich mit ihren Angelegenheiten beschäftigten. Egal, was sie sagten, egal, was sie taten. In den niedrigen Holzhäusern hatten andere vor ihnen gesessen, die Erde hatte sie längst verschlungen, oder das Meer, weder tiefe Gedanken noch pure Idiotie, alltägliches Geplapper oder großartige Reden hatten sie vor diesem endgültigen Nullpunkt retten können, der ihrer harrte. Hier gehe ich, halb betrunken vom Rotwein, und sterbe, während ich an meinen und an den Tod der anderen denke.

Stina. Warum wollte sie über den Zaun, ehe das Schicksal oder der liebe Gott zum Halali bliesen? Was passierte eigentlich in den verschlossenen Räumen, die sie jetzt bewohnte? Sie war ein ängstliches Kind gewesen. Immer ein »was, wenn« oder »stell dir vor«, immer eine Katastrophe oder ein Schmerz am anderen Ende. Wenn Opa jetzt stirbt. Wenn wir nicht in den Himmel kommen, Rebekka!

Ich war ihre Seelsorgerin, dachte sie. Aber eine verlogene Seelsorgerin. Ich habe immer behauptet, alles werde gut ausgehen. Aber es geht nicht gut aus. Es endet an einem Straßenrand oder in einer geschlossenen Abteilung. Es endet mit Pisse und Exkrementen, es endet, während wir vor Schmerz und Ohnmacht schreien, und jeden einzelnen guten Tag, den wir bekommen, sollten wir am Ende hassen, denn auch die Erinnerung daran soll uns noch genommen werden. Während wir wie Kinder umhertaumeln, im Boden graben oder Bälle werfen, macht ein anderes Kind irgendwo dasselbe, ein anderes Kind mit Butterbroten und blauen Flecken. Ein anderes Kind, das dich eines Tages in den Abgrund stürzen oder zu einem provisorischen Glück erheben wird. Oder umgekehrt. Ein anderes Kind, das du eines Tages töten oder mit dem zu leben du lernen musst. Aber Stina konnte weder ein anderes Leben nehmen noch ihr eigenes leben. Das Einzige, was sie schaffte, war, sich die Haare und die Zehennägel auszureißen.

Über diese Hänge und durch diese Gassen sind wir gegangen. Ich vorweg, du hinterher. Und ich ließ das geschehen, ja, ich wollte das so, weil ich wusste, dass dir nichts Böses passieren durfte. Dass du das nicht ertragen würdest. Und das habe ich geglaubt. Auch ich war ein Kind und ich glaubte, dich aus allen Schatten herausheben zu können, die du sahst, wenn ich nur gut genug aufpasste, wenn ich dich dicht genug bei mir sein ließ.

Was, wenn wir nicht in den Himmel kommen, Rebekka?

Was, wenn wir ein ganzes Leben auf der Erde leben müssen, Rebekka!

Sie hatte vergessen, wie öde und verlassen eine norwegische Kleinstadt abends sein kann. Sie lief durch die Straßen, ohne einem einzigen Menschen zu begegnen. Ab und zu glitt ein Wagen vorbei, die gelben Scheinwerferlichter ließen ihren Schatten über die Hauswände huschen, über Bürgersteig und Pflastersteine. Sie kam an Häusern vorbei, die so niedrig waren, dass sie zu den Menschen hineinschauen konnte, die dort vor dem Fernseher saßen und Kaffee tranken, sie saßen hinter Spitzengardinen, Begonien und Christsternen, und in ihrem eigenen Alltag existierten, es wirkte so unkompliziert und natürlich. Aber es war schwer, dachte sie, es grenzte an das Unmögliche. Es handelte sich um Gehirne, die Tag und Nacht arbeiteten, die die Bewegungen der Hände koordinierten, das Wechseln der Stimmung. Es war ein Wirbeln von Atomen und Protonen, ein Kraftfeld, das alles zusammenband, eine Schwingungsfrequenz, die Krümel über die Untertasse kullern ließ, abgenutzte Teppiche und halbverdaute Speisen im Gedärm. Und was steckte hinter allem, was bewohnte die Zwischenräume?

Sie erreichte den Marktplatz und entdeckte auf der anderen Seite die Kneipe Piraten. Ein Gast kam gerade heraus, und im stillen Abend konnte sie dröhnendes Lachen hören, dann schloss die Tür sich wieder. Sie war seit mehr als zehn Jahren nicht mehr im Piraten gewesen, sie wusste, es würde entsetzlich sein, aber sie hatte nichts dagegen, eine entsetzliche Stunde dort zu verbringen.

Es war so, wie es eben war. Es gab braune Quasibalken vor weißgekalkten Wänden. Es gab den Duft von Pizza und Zigarettenrauch. Es gab Kurt Cobain und das Johlen lokaler Fußballhelden, klirrende Gläser und im Dialekt geäußerte Flüche. Es war überfüllt. Sie war zu alt für das alles, für Leute wie sie war das Følnix da, aber sie zwängte sich zwischen Jeans und rosa Polohemden durch, erzwang sich einen Platz am Tresen, und spürte, dass die Blicke an ihr klebten. Als sie nach Rotwein *schreien* musste, ging ihr auf, wie komisch das alles war, und der Knabe mit den vielen Aknenarben ging in die Knie und fand ganz hinten im Schrank einen vergessenen Karton.

Der Wein war besser, als sie erwartet hatte. Die Kundschaft weniger schrecklich als in ihrer Erinnerung. Oder sie war einfach zu alt, um von betrunkenen Zwanzigjährigen angemacht zu werden, die wissen wollten, ob sie aus Oslo kam, was sie hier machte.

Sie starb jetzt schneller. Beschleunigte das Tempo, in dem sie sich von ihnen entfernte.

Sie trank Wein und spürte die Gleichgültigkeit in ihrem wachsenden Rausch. Die Gedanken tanzten sanft in ihr herum. Es war leicht, sich zu den langen Sommern und den unverbindlichen Flirts zurückzubewegen, die sich hier abgespielt hatten. Wann hatte der Ernst eingesetzt? Wann war das Schlimme in ihr Leben eingetreten?

Sie stand zwischen einem angejahrten Mann und einem Mädchen, das einen Ausweis hatte zeigen müssen, um ein Bier zu erhalten. Der Mann hatte einen teuren Bauch, der Bauch wölbte sich über dem Bund seiner Jeans; er trank Bier und kehrte dem Tresen den Rücken. Sie tat es ihm nach, es tat gut, die Ellbogen auf dem glatten Holz ausruhen zu lassen.

»Scheißmüll«, sagte er halb an sich gerichtet, halb an sie; sie war nicht sicher, ob er über sein Dasein redete oder ob er fand, dass ihre Osloer Aussprache nicht an einen Ort wie diesen hier gehörte.

Aber dann sah sie, wie die Eingangstür geöffnet wurde und zwei Männer in Leder und Jeans sich durch die Menge drängten; das wurde ihnen leicht gemacht, die anderen wichen aus. Es war kein Drama, kein Western an der Südküste, es war nur ein Hauch von etwas Unangenehmem. Sie bat um ein weiteres Glas Wein und bekam es auch.

Ihr Nebenmann lächelte. Er hatte ein offenes, nicht übermäßig hübsches Gesicht. »Guter Jahrgang?«

»Ich hab vergessen, danach zu fragen.«

»Ich bin schon als Junge hierher gekommen. Ich wusste nicht einmal, dass es hier Wein gibt.«

»Den gibt es wohl auch nur aus Zufall.«

»Pass jetzt auf«, sagte er. »Es ist kein gutes Zeichen, wenn sie lachen.«

Sie lachten. Die beiden Ledermänner standen an einem Tisch in Türnähe und unterhielten sich lautstark mit den dort sitzenden Gästen. Zwei Mädchen und ein

Junge. Die beiden trugen rotgelbe Aufnäher auf ihren Jacken. »Hot Rats.«

»Herrgott«, sagte sie. »Die müssen doch hoch in den Dreißigern sein.«

Er trank einen Schluck Bier. »Die sind ungefähr so alt, wie sie sich fühlen. So um die fünfzehn, sechzehn. Ich bin mit dem mit dem Bart zusammen auf der Grundschule gewesen. Bimbo war nicht sehr gut in Mathe und Englisch, aber in Metallarbeiten hat er's gebracht.«

»Hangarounds? Bandidos oder Hell's Angels?«

Er zuckte mit den Schultern. »Who cares?«

Bimbo lachte dröhnend und fuhr dem Jungen durch die Haare. Der Junge lächelte unterwürfig, als habe sein Vater oder vielleicht ein Onkel gerade gesagt, na, du bist mir vielleicht ein Scherzkeks, Kleiner! Die Mädchen rauchten Filterzigaretten und machten große blaue Augen. Sie dachte: die gehen mit den Typen. Wenn die warmen Ratten mit dem Schwanz wedeln, gehen sie ohne zu zögern mit ihnen, und der Teufel hole die Naivität, mit der Gott uns in einem bestimmten Alter versieht! Bald werden sie Mütter mit Teilzeitjob sein, aber im Moment ist im Mädchenzimmer Black Metal angesagt, dazu schmuddelige Hallodris mit niedrigem IQ.

Es ging so schnell. Es kam ihr total unwirklich vor. Im einen Moment saß der Junge am Tisch und gab sich alle Mühe, schief und kumpelhaft zu lächeln. Im nächsten stieß sein Gesicht gegen den Glasaschenbecher, Kippen spritzten über den Tisch und ein dünner Blutstrahl traf die weißgekalkte Wand. Bimbos Hand lag noch immer in seinen Haaren, er rieb das Gesicht mit einem Eifer in die Schweinerei, als drücke er seine allerletzte Zigarette aus.

Dann gingen die beiden. Alles war ganz still, da begannen das eine Mädchen und der Junge zu weinen. Er fluchte und weinte und spuckte Zigarettenasche und Blut. Andere Gäste strömten dazu und wollten helfen, aber er schlug nach ihnen. Bald darauf taumelte er in die Nacht hinaus, dicht gefolgt von den beiden Mädchen.

»Wie gesagt«, sagte der Mann neben ihr, »mit denen ist nicht zu spaßen, wenn sie die Jovialen spielen. Ich habe in den Staaten Hell's Angels gesehen. Und auch Bandidos. Die sind nicht so. Die schlagen keine Rotzgören zusammen.« Er bestellte noch ein Bier und bekam es auch.

Sie blickte den schmalen Blutstreifen an der Wand an. Und den Tisch, der abgewaschen, den Aschenbecher, der durch einen sauberen ersetzt wurde. Sie hatte ein seltsames Gefühl im Zwerchfell oder noch weiter unten.

»Kennst du Leo?«, fragte sie.

»Alle kennen Leo. Ich glaube, er ist krank. Angeblich ist er in Ordnung, aber ich glaube, er ist krank.«

»Krank? Inwiefern krank?«

»Er stellt nächste Woche im Heringshaus aus. Du kannst ja mal vorbeischauen und es dir ansehen.«

»Was stellt er denn aus?«

»Bilder. Was willst du von ihm?«

»Nichts. Ich hab ihn mal mit dem Auto mitgenommen.«

»Nimm dich vor Leo in Acht! Vielleicht will er dich als Modell!« Er lachte schallend.

Sie hatte es seit Jahren nicht mehr erlebt, aber jetzt schmerzte der kleine Finger, der nicht mehr vorhanden war.

Sie sitzt in dem dunklen Zimmer, sie sieht nur das blaue Licht des Computers, die halb durchsichtigen Gummihandschuhe, die zusammengeknüllt auf dem Schreibtisch liegen, die Glut in der Zigarette.

Aus dem Nachtbuch:
Ich bin so wunderbar angetrunken. Ich habe von der Telefonzelle auf dem Marktplatz aus angerufen. Und er selber meldete sich, seine Stimme ist eigentlich ein bisschen sexy, aber ich war Bimbo, kalt und hart, ich stand da und dachte an das viele Blut in seinem Körper. Ich glaube, ein erwachsener Mensch hat vier oder fünf Liter Blut, er hat vielleicht noch ein wenig mehr, wo er so feurig ist. Ich dachte an den Aschenbecher auf dem Tisch und an den Blutstreifen an der Wand, und ich sagte nichts, ich war Bimbo im Verhör, stumm wie ein Fels, bis er grunzend den Hörer auf die Gabel knallte. Da gestand ich meinem Spiegelbild in der dunklen Fensterscheibe alles, ich gab wahrheitsgemäß alles zu. Niels Petter, sagte ich. Ich habe das falsche Abzeichen auf deinen Blazer genäht. Hot Rats.

Sie streift die Gummihandschuhe über und zieht die Diskette aus dem Computer. In eine Gefriertüte eingewickelt, passt sie genau in den Spalt zwisschen der Wand und der schweren Kredenz.

7

Im grauen Tageslicht warf die Puppe keinen Schatten, aber als der Abend kam und sie im Wohnzimmer die Kerzen anzündete, ließ die Dunkelheit sie über die Wandtäfelung tanzen. Sie konnte lange davor sitzen und das Schattenspiel betrachten, das sich in der warmen Luft des Kamins entwickelte. Es war eine alte Puppe, mit einem Kopf aus Holz, aufgemaltem Lächeln und roten Rosen auf den Pausbäckchen. Die Augen waren früher einmal himmelblau gewesen, jetzt waren sie verschossen und verblasst, die Haare hatte die Zeit weggenagt. Der Matrosenanzug war fleckig und zerlumpt, die Puppe hatte eine weite Reise hinter sich, sie hatte die wilden Liebesmeere eines kleinen Mädchens durchsegelt, Sturzseen von Geständnissen, über alle stillen Tiefen der Geheimnisse.

Sie sang für die Puppe. Schlug mit der Faust auf den Tisch und sang für sie.

Ansonsten war sie sehr vorsichtig. Sie machte lange Spaziergänge, ließ sich im Fønix aber nicht blicken, nicht im Stjernesti, nicht im Piraten. Sie rief Leo nicht an, sie rief niemanden an und niemand rief sie an. Das ganze Wochenende hindurch blieb sie im Haus, sie kochte einen Lammeintopf und trank dazu Wein, trank mehr Wein, sie trank zu viel, aber das war ihr schnurz, sie hatte sich so lange in Acht genommen, und zu ihrer

Überraschung hatte sie am nächsten Tag keinen schweren Kopf mehr.

Am Samstag hatte in der Lokalzeitung ein Artikel über Leo gestanden. Der Mann im Piraten hatte sich geirrt, die Vernissage hatte schon am Freitag stattgefunden. Ein lokaler Rezensent bezeichnete die Ausstellung als »grenzüberschreitend« und hatte noch viele andere schöne Wörter, eine ganze Tirade aus dem Fremdwörterbuch, vielleicht hatte er sie in aller Eile aus einer geistreichen Hauptstadtzeitung ausgeschnitten. In einem Leserbrief hinten in der Zeitung schrieb ein »Mann, 73«, dass es nun für Leo an der Zeit sei, auch den Winter in Oslo zu verbringen.

Sie registrierte, dass der Brief einige Zeit vor der Vernissage geschrieben worden sein musste. Und dass die Redaktion ihn am selben Tag brachte, an dem der Bericht über die Ausstellung erschien. Damit kamen beide zu ihrem Recht. Mit dem Zeitungssterben sollte man sich keine Scherze erlauben.

Dass er nicht anrief, ließ sie den Entschluss fassen, seine Ausstellung zu besuchen.

Das Heringshaus war eines der drei Fischerhäuser, die seit dem 19. Jahrhundert überlebt hatten. In ihrer Erinnerung waren diese Häuser grau und unschön, jetzt aber waren sie renoviert worden. Sie hatten neue Fenster bekommen, die Dächer waren erneuert worden, die Häuser rostrot und Türen und Fensterrahmen moosgrün gestrichen. Die beiden zum Hafen gelegenen enthielten allerlei Speicherräume sowie ein Fischgeschäft und einen Andenkenladen. Im zum Marktplatz hin gelegenen war die Kultur untergebracht. Auf einer Tafel neben der Tür konnte sie sich über beträchtliche Aktivitäten unterrichten. Hier waren eine Theatergruppe, ein Silberschmied und eine Graphikwerkstatt tätig. Die Galerie Heringshaus füllte den gesamten ersten Stock.

Eine schmale, weiß gestrichene Treppe führte nach oben. Es roch nach Reinigungsmitteln und frischer Farbe. An den groben Bretterwänden hingen Fotos aus der Geschichte der Stadt, Segelschiffe im Hafen, der ursprüngliche Marktplatz, der Besuch König Oscars II. im Jahre 1881.

Dann stand sie in einer Schlachthalle. Das war ihr erster Gedanke. Dass sie in einer Schlachthalle stand. Der Raum war überraschend groß, die Wände weiß gestrichen, und unter der Decke hingen Leuchtröhren, die für hartes elektrisches Licht sorgten.

Und Leo widmete also sein Leben einer Studie von Fleisch und Knochen, von ganzen und halben Kadavern, die an Eisenhaken und Ketten hingen, Kadavern in unterschiedlichen Stadien der Verwesung. Er arbeitete mit großem Format, mehrere Bilder maßen zwei mal drei Meter, grobe Schichten von Ölfarben, sie stellte fest, dass die Kadaver in den Raum hereinragten, dass sie vor ihr hingen wie in einem Kühllager.

Es war unbehaglich. Die Temperatur im Raum schien zu sinken, sie glaubte, das Blut zu hören, das auf den Betonboden tropfte. Das rote Fleisch und die weißen

Knochenreste vermittelten den Eindruck wehrloser Nacktheit, alles war abgeschält, buchstäblich bis aufs Mark. Auf einem großen senkrechten Bild hing ein kopfloses Pferd an den Hinterbeinen, abgehäutet, die blauweißen Därme wild durcheinander auf dem Boden. Eine Serie aus drei Bildern zeigte einen toten Hund auf dem Boden einer Fabrikhalle. Maschinen und Wände in Schmutziggelb, Grün, Blau. Der Hund liegt mit zerschnittener Kehle auf der Seite, in einer Lache aus geronnenem Blut. Auf dem zweiten Bild ist sein Bauch aufgeplatzt, das Blut ist jetzt ganz schwarz. Auf dem dritten Bild bedeckt eine feine Staubschicht das ganze Tableau, die Rippen ragen hervor, und die gelben Zähne grinsen nackt in den leeren Raum hinaus.

Jemand räusperte sich.

Rechts neben der Tür saß hinter einem Schreibtisch ein junger Mann.

»Es kostet dreißig Kronen. Und der Katalog hundertzwanzig.«

Sie reichte ihm hundertfünfzig. Nahm den Katalog und steckte ihn in die Manteltasche. »Viel Besuch?«

»Heute nicht. Aber bei der Eröffnung war alles vollgestopft. Er hat in der ersten Stunde gleich drei Bilder verkauft.«

»Darf ich auf den Direktor des Schlachthofes tippen?«

Er lachte. »Es waren Leute aus Oslo.«

Sie nickte und drehte ihre Runde. Leben, das zur Erde zurückkehrt. Auflösung. Stillstand. Ein großes Bild zeigte ein triefendes Stier- oder Kuhfell, das an einem Haken hing. Eine Maske.

Jemand betrat hinter ihr den Raum, eine Frau sagte, Herrgott, komm, wir gehen.

Sie ging auch.

Die wenigen Minuten, die sie in der Galerie verbracht hatte, hatten in ihr ein beklemmendes Gefühl hinterlassen. Sie wusste nicht warum, denn sie war sonst keine, der beim Anblick von Blut schlecht wurde, sie hatte außerdem in all den Jahren eigenhändig das zu Weihnachten angeschaffte halbe Schwein zerlegt. Konrad war für solche Arbeiten nicht geeignet, er hielt fest und sie schnitt und sägte, so hatte die Arbeitsverteilung ausgesehen. Vom Fjord her wehte ein frischer Wind, sie sog die salzgesättigte Seeluft ein und stellte mit leichter Verwunderung fest, dass sie Hunger hatte.

Und dann sah sie Leo. Er kam mit langen Schritten aus der Stadt, kam auf sie zu. Er war größer als in ihrer Erinnerung, ein Eindruck, der von einem langen Mantel in militärischem Schnitt noch verstärkt wurde. Die Hände waren in tiefen Taschen begraben, er hatte sie gesehen, er lächelte.

»Wie viele hast du gekauft? Eins? Zwei?« Er war außer Atem, er lächelte, auch mit den Augen.

Sie hob den Katalog. »Der passte so ungefähr in meine Brieftasche.«

Er schaute auf seine Armbanduhr. »Gleich halb sechs. Du isst mit mir zu Abend. Darauf bestehe ich. Ich muss nur schnell Tron den Schlüssel bringen, damit er abschließen kann, wenn er geht. Werte, weißt du. Hohe Werte.« Er lachte. »Einverstanden? Du bist doch nicht so kindisch, dass du dich verdrückst?«

»Die Harfe?«

Er zuckte mit den Schultern. »Homokost, aber okay. Hast du diesen blöden Katalog wirklich gekauft? Dann kommt nur das Beste in Frage, auf Leos Rechnung.«

Er überquerte die Straße und riss die Tür auf. Sie konnte hören, wie er die Treppe hochlief.

Ein seltsamer Mann. Auf der Fahrt von Oslo hierher hatte er kaum ein Wort gesagt. Zwischen ihnen hatte ein natürliches Schweigen geherrscht, und sie hatte das angenehm gefunden. Jetzt plapperte er nur so drauflos.

Die Harfe, warum sollte sie dorthin? Vielleicht um sich einen Überblick über alle Quadrate auf dem Spielbrett zu verschaffen. Niels Petter Holand ging mit Nina wohl kaum ins Fønix, wenn er in seine Spendierhosen stieg. Oder vielleicht, weil sie Lust auf rosa Entenfleisch hatte?

In der Harfe gab es keine Speisekarte. Der Kellner führte sie durch das ockergelbe Lokal zu einem Ecktisch mit blauer Decke und brennenden Kerzen. Gleich darauf brachte er frisches Brot, Butter und einen Krug Eiswasser.

Dann sagte er seinen Spruch auf.

»Ich will ein Steak«, erklärte Leo. »Roh. Das schaffst du doch?«

Sie entschied sich für Seeteufel.

»Du nimmst es nicht übel, dass ich dich angerufen habe?«, fragte er, als der Kellner verschwunden war.

»Doch, ein wenig. Ich hatte dir meine Nummer nicht gegeben.«

Er bestrich ein Stück Brot dick mit Butter. »Das ist eine alte Unsitte. Ich sehe alles. Und erinnere mich an das, was ich gesehen habe. Du kannst ganz beruhigt sein, ich bin nicht auf blöde Abenteuer aus. Ich halte auch nicht Ausschau nach brauchbarem weiblichen Material.« Er schob ihr den Brotkorb zu. »Das schmeckt gut.«

»Worauf bist du dann aus?«

»Das hier. Essen. Wein. Eine, mit der ich reden kann.«

Sie lächelte. »Wir haben zweieinhalb Stunden Schweigen hinter uns.«

Er redete mit vollem Mund. »Deshalb.«

»Worüber willst du reden? Die Ausstellung?«

Er hatte seltsame blassblaue Augen. »Hat sie dir gefallen?«

»Ich bin mir fast sicher, dass du diese Bilder nicht gemalt hast, damit sie irgendwem gefallen.«

Er nickte. »Da hast du Recht.«

»In der Zeitung stand ein Leserbrief...«

»Den habe ich gesehen. Ich habe ihn selber geschrieben.«

Sie lachte und nahm sich Brot. Es war warm.

»Warum?«

»Weil mir das ernst war. Ich war immer schon der Ansicht, dass Leo in Oslo bleiben sollte, auch im Winter. Aber das schafft er nicht. Irgendetwas zieht und zerrt ihn hierher, wenn die Dunkelheit kommt. Es ist nicht die Ruhe. Hier unten gibt es keine Ruhe, es gibt nur Klatsch und Choräle. Und Brutalität. Es geht hier unten gefährlich zu, Rebekka! In Oslo kannst du dich verziehen. Hier unten musst du die ganze Zeit zur Stelle sein. Du kannst dir keine passende Kneipe suchen. Du musst dich der Kneipe anpassen. Wenn du dich vollaufen lassen willst, dann musst du mit den lokalen Wölfen heulen.«

»Das weiß ich. Ich war gestern im Piraten.«

Sie erzählte vom Gesicht des Jungen und vom Aschenbecher.

Leo grinste. »Er war sicher mit dem Moped an ihrem Klubhaus vorbeigefahren. Bimbo ist in Ordnung. Ich werde ihn malen. Wenn die Zeit reif ist, werde ich ihn malen.«

Sie dachte an die Bilder, die sie eben erst gesehen hatte. »Wenn er in den Straßengraben gefahren ist?«

»Er wird nicht in den Straßengraben fahren. Aber irgendwann wird irgendwer die Sache satt haben und ihm eine Schrotladung verpassen.« Er lachte. »Nimm mich nicht ernst. Ich bin ein schlichtes Gemüt, das gern ein wenig Theater spielt. Ich male Fleisch. Rohes Fleisch, verrottendes Fleisch. Ich denke nicht besonders viel darüber nach. Ist dir die Serie mit dem toten Hund aufgefallen? Ich habe als Kind drei Jahre hier unten gewohnt. Damals lag hinter der Werft ein offenes Wiesengelände. Das musste ich jeden Tag auf dem Schulweg überqueren. Der Hund hieß Cato, er war ein ziemlicher

Grobian. Ich habe keine Ahnung, wem er gehörte, aber er lief als freier Anarchist durch die Gegend und war für kleine Jungs verdammt gefährlich. Er trieb sich auf der Wiese herum und machte mir eine Heidenangst, so dass ich mir in die Hose pisste. Ich hatte immer schon Angst vor großen Hunden. Die habe ich noch immer.«

Er verstummte und schlug die Augen nieder.

»Und dann ist er gestorben?«

»Ich fing an ihn zu füttern. Um meine Ruhe zu haben, fing ich an ihn zu füttern. Mit Brot. Knochen. Kartoffeln. Er fraß alles. Am Ende wurden wir so gute Freunde, dass ich ihm problemlos den Hals durchschneiden konnte. Er sank lautlos zu Boden, ich hatte mir heimlich ein altes Bajonett ausgeborgt, das mein Vater an der Wand hängen hatte, es war die reinste Rasierklinge.«

»Tatkräftiger Knabe«, sagte Rebekka.

Er zuckte mit den Schultern. »Ich war zwölf. Ich traf eine Entscheidung. Außer mir ging fast niemand über diese Wiese. Der Hund blieb den ganzen Sommer lang dort liegen. Die Ferien fingen an, aber ich ging jeden Tag hin, um nach ihm zu sehen. Zuerst schwoll er in der sengenden Hitze an, dann verströmten die Gase und er sank in sich zusammen. Die Farben änderten sich. Es stank natürlich wie die Hölle.«

»Es war sehr nett von dir, mich zum Essen einzuladen«, sagte sie. »Ich hoffe, es kommt bald.«

Der Wein wurde gebracht. Sie trank begierig.

»Der Gestank ist bald das Einzige, das uns noch bleibt«, sagte er. »Von dem können wir uns nicht freikaufen. An dem Tag, an dem irgendein cleverer Forscher die rosa Pille vorstellt, die menschlichen Abfall nach Lavendel duften lässt, sind wir fertig. Dann drehen wir durch.«

»Ich glaube, da kannst du ganz ruhig sein«, sagte sie. »Was machst du, wenn du nicht malst?«

»Ich fahre auf den Fjord hinaus.«

»Jetzt? Im Winter?«

»Um diese Zeit ist es schön draußen auf dem Fjord. Du solltest mal mitkommen. Es ist nur eine Frage der richtigen Kleidung. Innen Wolle. Außen Wolle. Die Alten kannten sich damit aus.«

Das Essen wurde gebracht. Er langte gierig zu und war schon fertig, als sie nicht einmal die Hälfte geschafft hatte.

»Gut?« Er drehte sich eine Zigarette.

»Mm. Ich glaube sogar, es ist seinen Preis wert.«

»Und wenn nicht, dann ist das scheißegal. Da hinten hängen acht rote Zettel. Für zwei Wochen bin ich steinreich.«

»Kennst du hier unten viele Leute?«

»Das sind nur Bekannte. Näher lasse ich sie nicht an mich heran.«

8

Sie träumte, dass sie einen Hund zerlegte. Dass sie ihn aufschnitt, die Eingeweide herausnahm und den Kadaver in kleine und große Stücke zerteilte. Leo hielt fest und sie schnitt und sägte, und die ganze Zeit richtete er seinen blauen Blick auf sie, er war nicht erwachsen, er war ein Junge, aber es war Leo.

»Wir sind die Einzigen, die über diese Wiese gehen«, sagte er. »Wir müssen es tun.«

Sie erwachte in Schweiß gebadet und mit einem intensiven Unbehagen. Sie stand auf und trank ein Glas Wasser. Danach lief sie im Wohnzimmer hin und her und rauchte eine Zigarette nach der anderen. Es war Viertel nach drei. Sie war hellwach, das warme Bett verlockte sie nicht, sie zog sich an, ging hinaus und setzte sich ins Auto. Der Motor war kalt und widerspenstig, aber sie erweckte ihn zum Leben und fuhr durch die menschenleere Stadt. Es regnete. Nirgendwo war auch nur eine Bewegung zu sehen. Sie dachte, so wird es aussehen, wenn wir uns selbst ausgetrickst haben, wenn wir uns im Kampf um ein leichteres Leben ums Leben gebracht haben. In diesen Straßen werden sie umherlaufen, die Weitgereisten von fremden Planeten und Galaxien, hier werden sie umherlaufen und die von uns hinterlassenen Zeichen deuten. Sie werden den Code der Schrift knacken und mit großen Augen Plakate und Anschlagtafeln und die Wörter lesen, die unter den Büsten von Frauen und Männern geschrieben stehen, sie werden in Bibliotheken und Zeitungsredaktionen eindringen, sie werden über den Alltag der Menschen staunen, über die Preise von Rosenkohl und frischem Dorsch, über Treffen im Gebetshaus und die Mitteilung, dass im lokalen Kino jetzt der neue James Bond-Film läuft. Sie werden nach der Essenz unseres Alltags suchen, nach seinem Kern, aber werden sie ihn auf der Rückseite einer Omo-Packung finden oder in Dostojewskis gesammelten Werken?

Gedankenspinnereien. Grübeleien mitten in der Nacht.

Sie fuhr am Fjord entlang, über Inseln von Licht unter den Laternenmasten, der Fjord lag auf ihrer linken Seite, der Fjord und die dunkle Landzunge, und sie stellte sich vor, wie Leo irgendwo dort draußen saß und ins Nichts schaute. Das hatte er gesagt. Dass er um diese Nachtzeit gern untätig sei. Dass er gegen fünf ins Bett gehe und drei oder vier Stunden schlafe, dass er nicht mehr brauche.

In den Häusern im Stjernesti brannte kein Licht. Nur bleiche Lampen über Treppen und Einfahrten. Sie hatte hier jetzt nichts zu suchen, deshalb fuhr sie weiter bis zum Sportplatz und ging dann zu Fuß zum Aussichtspunkt. Bei der Bank bog sie nach Westen ab und ging über nackte Felsen und durch feuchte Senken, bis unter ihr die ganze Siedlung lag. Sie konnte das kleine rote Haus und die Garage erkennen.

Und sie sieht sie vor sich. Sie sieht Niels Petter und Nina in einem großen Doppelbett im ersten Stock. Sie sieht die pfirsichfarbene Bettwäsche, sie ist frisch gewaschen und duftet nach Weichspüler, sie sieht die Kleider, die ordentlich auf einem Stuhl abgelegt sind. Er schläft auf dem Rücken und schnarcht leise, sie liegt in Embryostellung da, den Kopf auf seinen Arm gelegt. Es ist nicht kalt, das Fenster ist einen Spaltbreit geöffnet, und nie im Leben würden die beiden davon träumen, einen Hund zu zerlegen. Im Nebenzimmer schläft der Kleine im Kinderbettchen, mit pastellfarbenen Stofftieren, eine gesprenkelte Giraffe am Fußende, auf dem Boden der Kasten mit dem Spielzeug.

Zurück zum Schlafzimmer der Eltern, wo Niels Petter Holand jetzt erwacht, es klingelt, zuerst ist er nur verwirrt, aber es ist das verdammte Telefon, es ist das verdammte Telefon, und der Wecker auf dem Nachttisch zeigt halb vier, ein blöder Besoffener oder eine Mitteilung über Krankheit und Tod, er hat zwei gebrechliche Eltern von über achtzig. Rebekka presst sich das Telefon ans Ohr und sieht, wie im ersten Stock das Licht eingeschaltet wird, sie glaubt ihn fluchen zu hören, sie bricht die Verbindung ab, ehe er zum Hörer greift.

Die Lampe im Schlafzimmer wird ausgeschaltet, aber dann wird unten Licht gemacht, ein schwaches Flackern an der Tanne auf der Rückseite des Hauses, sie oder er steht in der Küche, sie sieht den Widerschein des Lichtes im Wohnzimmerfenster. Ob das Kind aufgewacht ist? Ist der kleine Junge beim Klingeln aufgeschreckt? Sie steckt das Mobiltelefon in die Tasche ihrer Allwetterjacke und nimmt sich eine Zigarette, die schmeckt hervorragend.

Er ist hinter dem Wohnzimmerfenster zu sehen. Groß und schwer, nackt oder im Schlafanzug, das kann sie aus dieser Entfernung nicht sehen, es spielt aber auch keine Rolle.

Als sie nach Hause kam, aß sie ein Stück Brot und trank ein Glas Milch. Sie war zum Umfallen müde, und nach diesem schlichten Frühstück ging sie wieder ins Bett. Keine toten Hunde suchten sie heim. Es gab nur schweren, schwarzen Schlaf, Bewusstlosigkeit, die Halbschwester des Todes.

Um halb eins wachte sie auf. Draußen schien die Sonne, sie strahlte ins Schlafzimmer, und ehe sie richtig wach wurde, kam es ihr ungeheuer fern und fremd vor, wenige Stunden zuvor am Aussichtspunkt gewesen zu sein. Der Traum von dem Hund war wirklicher, doch unten in der Küche stand im Spülbecken das Milchglas.

9

Gaute Rimfoss sah aus wie ein großes Stück gebrannter Ton. Sein Kopf saß ganz gerade auf seinem Körper, Gott hatte den Hals ausgespart und dem Mann von dem übrig gebliebenen Material zwei überdimensionierte Hände gegeben. Zu sehen, wie er auf der Töpferscheibe dünne Tassen und Schüsseln formte, war ein seltsames, fast unwirkliches Erlebnis. Gaute Rimfoss schaffte mit seinen Wurstfingern das Unmögliche, während er sich über Ton und Drehtechniken, über Glasuren und Temperaturen verbreitete.

Sie waren acht Frauen und drei Männer. Sie wollten sich in ihrer Freizeit mit einem der ältesten Gewerbe der Welt vertraut machen. Rebekka stand in der Töpferwerkstatt der Grundschule von Nybyen, wo die misslungenen Experimente der Kinder an den Wänden aufgestapelt waren, sie war belustigt und überdrüssig zugleich, sie starrte mit leichtem Schwindel die elektrische Töpferscheibe an.

Später sollten sie »sich mit dem Ton vertraut machen«. Kneten und formen, wie es ihnen gerade in den Sinn kam. Zwei an jedem Arbeitstisch. Rebekka sorgte dafür, dass sie nicht Nina als Tischnachbarin bekam, sie arbeitete neben Gunnar, einem Vorschullehrer. Er machte diesen Kurs als »Zusatzausbildung« und sagte nicht viel.

Der klebrige Ton, der langsam warm wurde, als sie ihn bearbeitete. Sie sah die Lawine am Strandvei, grauen Ton, die Gemeindearbeiter, die ihn wegräumten, das ergab einen Sinn, das hier war null, weniger als null. Sie hatte keine Ahnung, was sie formen sollte, sie wollte nichts formen, sie wollte den Tonklumpen einfach auf den Boden fallen lassen, sich gründlich die Hände waschen und gehen.

Sie tat es Gunnar nach, rollte lange Würste und formte eine Art Becher.

Sie betrachtete den grünen Pulloverrücken vor sich. Musterte Ninas locker hochgesteckte Haare und ihre schmalen Schultern. Es war unmöglich zu sehen, was sie mit dem ihr zugeteilten Klumpen machte, aber sie ging energisch ans Werk, sie war motiviert, das hier wollte sie. Sie war jeden Tag mit dem Kind zu Hause, heute war Ninas freier Abend, vielleicht der einzige in der Woche.

Babysitter, oder hatte sie das Kind dem Vater überlassen? Auch egal. Beide Lösungen boten Möglichkeiten. Wenn er zu Hause saß, dann konnte die Zukunft lustige Unternehmungen unter Mädels bringen, wenn nicht, würde sie ihm vielleicht früher begegnen, als sie berechnet hatte. Wenn Nina von der Sorte war, die immer sofort nach Hause wollte, würde sie sie trotzdem kennen lernen. Rauchen. Zusammenhalt. Es gab eine Kaffeepause, und im Haus war das Rauchen streng verboten.

Sie zerdrückte den Becher und formte stattdessen ein Gesicht. Sie war unbegabt, das Resultat sah kindisch aus, ohne jedoch den spontanen Ausdruck von Kinderkunst. Es war eine Art maschinell produzierter Pfefferkuchenmann.

Gaute Rimfoss lief zwischen den Arbeitstischen umher und psalmodierte monoton über kreative Prozesse ganz allgemein und über die Möglichkeiten des Tons im Besonderen, zugleich feuerte er alle einzelnen »Arbeiten«, wie er das nannte, munter an.

Bis hierher musste ich kommen, dachte sie. Bis hierher. Bis zum Kindergarten in der Stadt Kardemomme.

»Sieh mal an, ja!«, sagte Rimfoss und legte den Kopf schräg.

Sie zerquetschte ihre Figur, als er zu Nina Granum weiterging.

»Und hier haben wir einwandfrei ein Talent«, sagte er dort und beugte sich über sie. »Es tut mir Leid, dass ich dich nur in Bezug auf Tassen und Schüsseln beraten kann.«

Er hob den weichen Tonklumpen vorsichtig hoch; es war ein Kinderkopf, glatt, haarlos, mit geschlossenen Augen. Nina Granum sah verlegen und stolz aus.

»Schön!«

Es war schön. Nicht glatt, nicht puppenhaft, es war ein schlafendes Kind. Rebekka dachte an den kleinen Jungen, wie geborgen er geschlafen hatte, dass sie ihn im Kinderzimmer gesehen hatte, in der Dunkelheit ruhend, ganz und gar unschuldig, ja, *ohne Schuld.* Sie dachte, sie müsse Nina und dem Kind helfen, sie aus ihrer unwürdigen Lage herausholen.

»Das hätte er nicht tun dürfen«, sagte Nina Granum. »Meine Güte. Das war ja wohl total überflüssig. Ich bilde mir schließlich nicht ein, eine Künstlerin zu sein.«

»Hör jetzt auf«, sagte jemand mit kurzem Lachen. »Wir sind hier nicht im Kindergarten. Ich bin ganz sicher, dass niemand neidisch auf dich ist, weil der Lehrer dein Produkt besonders gelobt hat. Es ist toll. Du bist begabt. Und darüber solltest du dich freuen. Ich bin mir wie ein Trottel vorgekommen.«

»Ich auch«, sagte Rebekka.

Sie standen zu fünft auf der Treppe, rauchten und fröstelten und schlürften dazu den Kaffee aus ihren Pappbechern.

Sie hatten sich einander vorgestellt. Sie hießen Kari und Nina, Ulf und Andrea, und Rebekka.

Smalltalk. Pisskram, aber doch ein Anfang. Was sie so mache? Beurlaubt von einem guten Job in einer Versicherung. Sie müsse nach einer Scheidung erst wieder zu sich kommen.

Die anderen machten, was sie eben machten. Post. Werbung. Andrea und Nina waren Hausfrauen mit kleinen Kindern.

Der Vorschlag kam von anderer Seite. Was machen wir nachher? Wollen wir nicht noch irgendwo einen Kaffee trinken, wo wir unsere Zigaretten genießen können, statt uns wie hier nur mit Nikotin vollzupumpen?

Zwei konnten nicht mitkommen. Nina gehörte zu denen, die konnten.

Sie gingen wieder ins Haus und kneteten weiter ihren Ton.

Es war Donnerstagabend und die Bar des Fønix war nur halb voll. Sie waren über den Weg am Fjord in die Stadt gegangen, in leichtem Nieselregen. Nina hatte Rebekkas Mobiltelefon benutzt und zu Hause angerufen. Sie hatte einen netten Mann, der gern auf das Kind aufpasste, aber er machte sich doch Sorgen, wenn sie nicht sofort anrief und Bescheid sagte, daß es später würde.

Ulf sagte: »Wir schenken uns den Kaffee. Bier? Wein? Ich geb einen aus!«

Sie entschieden sich für Rotwein für alle und setzten sich an einen Tisch in der Ecke, Ulf holte die Getränke.

»Gute Idee, herzukommen«, sagte Nina, während sie sich setzte. »Ich war seit einer Ewigkeit nirgendwo mehr. Bist du oft hier?«

»Nein. Ich gehe kaum aus. Ich bleibe meistens zu Hause.«

»Mein Man isst hier zu Mittag. Ehe Simen geboren wurde, sind wir ab und zu abends hergekommen. Am Wochenende ist hier ziemlich viel los. Und im Piraten...«

»Danke, da bin ich auch schon gewesen. So bald sehen die mich da nicht wieder.«

Nina lachte und nahm sich eine Zigarette. »Ich bin achtundzwanzig. Aber im Piraten komme ich mir uralt vor. Kommst du aus Oslo?«

»Ich bin hier geboren. Aber ich bin in Oslo aufgewachsen. Wir waren immer in den Ferien hier. Und deshalb fühle ich mich hier zu Hause.«

»Ich weiß nicht. Manchmal komme ich mir hier schon eingeengt vor.«

»Man kann doch nicht so einfach Rimfoss heißen, wie ein blöder Wasserfall«, sagte Ulf und stellte drei Glas Rotwein auf den Tisch. »Wollen wir wetten? Ich setze hundert Kronen darauf, dass er ein pensionierter Volkshochschullehrer ist. Zweihundert!«

»Und du?«, fragte Rebekka.

»Pettersen. Darauf bin ich ja auch nicht gerade stolz, aber echt! *Rimfoss!* Na, denn Prost, Mädels! Das ist nett hier. O verdammt, was sind meine Hände müde. Aber ich fand das witzig. Und dieses Jahr kosten die Weihnachtsgeschenke keine müde Krone. Unter dem Tisch werden nur praktische Geschenke liegen. Im Büro ziehen sie mich mit diesem Zurück-zur-Natur-Kram schon auf, aber Scheiß drauf – ich brauchte einfach etwas Neues. Sandkuchen sind für mich urtümlich genug. Ich glaube, Rimfoss hat Recht. Das hier hat etwas Ursprüngliches. Ton und Feuer. Letzten Winter habe ich einen Kurs für Fliegenbinden besucht, das war auch ganz lustig, aber ein größeres Engagement bleibt ja doch aus, wenn man nicht gern angelt.«

Sie trinken. Ulf Pettersen redet immer mehr Unsinn, ganze Unsinnkaskaden, er faselt von sich und seinen Angelegenheiten und Rebekka denkt, dass das nur gut so ist, sie deutet die Signale der anderen und weiß, dass Nina ihre deutet, das hier haben sie schon oft erlebt, das haben alle Frauen schon oft erlebt, jetzt treibt Ulf Pettersens grenzenloses Ego sie zu einer Gemeinschaft zusammen, deren wirkliche Bedeutung nur Rebekka erahnen kann.

Er geht pissen.

»Herrgott«, sagte Nina belustigt.

»Ich glaube, nächstes Mal schütteln wir ihn ab. So schwer kann das doch nicht sein. Hast du schon die Ausstellung im Heringshaus gesehen?«

»Nein, aber ich will sie mir nicht entgehen lassen. Niels Petter interessiert sich gar nicht für so was, aber ich besuche gern Ausstellungen.«

Sie fährt innerlich zusammen. Jetzt heißt es also Niels Petter. Nicht mehr »mein Mann«, nicht »mein Freund«, sondern einfach Niels Petter.

»Ich war auf der Vernissage. Zu viel Gedränge. Wir könnten ja irgendwann mal zusammen hingehen.«

»Ja? Das fände ich wunderbar. Wann hast du denn Zeit? Ich meine... ich könnte Simen doch mitnehmen. Vielleicht an einem Vormittag?«

Ich habe Zeit bis ans Ende der Ewigkeit, meine Liebe.

»Vormittags, ja, das wäre kein Problem.«

Ulf Pettersen war auf Safari in Kenia. Ulf Pettersen mag keine Zwiebeln. Ulf Pettersen hat seine Zweifel, was die neue Regierung angeht. Ulf Pettersen hat eine große fleischige Zunge, sie sieht einen halb erigierten Penis, der immer wieder über breite, feuchte Lippen vorstößt, ab und zu mit einer feinen Speicheldusche, immer häufiger, je mehr er trinkt, ja, er hat einen Schwanz im Mund, und er befruchtet sie mit Geschwafel, sie schaut auf die Uhr, ihr ist schlecht und sie schaut auf die Uhr, es ist wichtig, es ist lebenswichtig, dass sie jetzt nicht übertreibt, nicht am ersten Abend; Nina verlässt das Lokal mit ihr zusammen, sie haben sich für Freitag verabredet, und Nina geht zum Taxistand auf der Südseite des Marktplatzes, sie sind kurz davor Freundinnen zu werden, und Rebekka denkt, dass sie das Ulf Pettersen zu verdanken haben, dem Mann mit dem herausoperierten Blinddarm, zwei Kindern im Teenageralter, einem Ferienhaus im Hafjell und oberflächlichen Kenntnissen der Transzendentalen Meditation.

Aus dem Nachtbuch:
Wer bin ich, die hier draußen in der Dunkelheit steht und in die beleuchteten Räume hineinschaut? Die sieht, wie er von der Küche ins Wohnzimmer geht, vom Wohnzimmer ins Schlafzimmer, von der Toilette ins Badezimmer? Bei jeder Art Wetter stehe ich hier, oder ich sitze im Auto und fülle den Aschenbecher mit heißgerauchten Kippen. Ich gehe hinter ihm her die Straßen auf und ab, ich halte Distanz, für ihn habe ich kein Gesicht, es kommt vor, dass ich ihn aus den Augen verliere, das macht nichts, ich hole ihn wieder ein: in den Monaten, in denen er eingeschlossen war, blieb mir nur das leere Haus in Asker, aber seltsamerweise ergab auch das einen Sinn. Stundenlang vor dem abgeschlossenen Haus; nicht einmal eine Lampe über

der Tür, zu Hause habe ich dann immer gelogen, habe Theater mit Freundinnen angeführt, Kino, was auch immer. Sie haben mir geglaubt. Ich weiß, dass sie mir geglaubt haben. Ich saß da und sah die Welt mit Stinas Augen, das heißt, mit den Augen, die Stina dann später bekommen sollte, den Augen, die keinen Farbsinn hatten, aber ich ließ mir nichts anmerken, ich war die Starke, ich musste alles im Griff behalten, musste dafür sorgen, dass die Welt nicht einstürzte. Jetzt habe ich mir seine Augen zugelegt, ich sehe Fleisch, wenn ich ihn ansehe, jawohl – Fleisch, achtzig Kilo Fleisch, so läuft er hier durch die Stadt und denkt – ich weiß nicht, was, ich glaube, er denkt an Fleisch, jetzt, wie damals, er hat einen kleinen Sohn, aber er denkt an Fleisch, Fleisch, wenn Nina nach Hause kommt und nach Wein duftet, nach einem Abend in der Stadt, zusammen mit einer Mitverschworenen aus dem Schlammkurs, sie hängt ihren Mantel auf und erzählt von mir, während sie nach Rotwein duftet und munter und fröhlich ist, hier passiert so wenig, sie hat so wenig Kontakt, das hat sie gesagt, jetzt hat sie mich. Jetzt ist Niels Petter angesagt, nicht mehr und nicht weniger, und das ist viel, viel.

Ich habe keine Verwendung für Ulf Pettersen. Das ist schade, aber nicht zu ändern. Es tut fast weh, denn ich habe fast zwei Stunden lang seinen dicken Schwanz über die feuchten Lippen gleiten sehen, er hätte ein guter Spielkamerad für Niels Petter werden können, aber das wird zu eng, niemand aus dem Schlammkurs, nur Nina und ich. Es ist so seltsam. Jetzt sitzt sie da draußen im Stjernesti und redet über mich.

Um kurz nach eins löschte sie alle Lampen und blieb am Fenster sitzen. Sie konnte die kurzen Lichtrunden des Leuchtturms sehen und die dunkle Landzunge auf dem anderen Fjordufer gerade noch ahnen. Sie war schläfrig, leicht beschwipst, und stellte sich den großen Mann in einem kleinen Haus vor, Blindrahmen, nackte Leinwand und halbfertige Gemälde. Er saß in einem alten Ledersessel, mit einem Pinsel im Mund; er saß da im harten Licht der kräftigen Lampen und betrachtete einige frische Pinselstriche. Der Wind vom Meer. Wellen, die gegen vereiste Felsen am Strand schlagen. Das Mobiltelefon, das fiept und ihn aus seiner eigenen Welt reißt.

»Ich kann nicht schlafen«, sagte sie. »Ich bin müde wie eine Hundehaut, aber ich kann nicht schlafen.«

»Dann bleib eben wach. Du kannst doch wachen und beten!« Er lachte. »Wenn du nicht getrunken hättest, könntest du dich ins Auto setzen und herkommen.«

»Kannst du das hören? Dass ich getrunken habe?«

»Ich höre mindestens zwei Flaschen Rotwein. Vielleicht auch mehr. War der Kurs schlimmer als erwartet?«

»Er war klebrig und schmierig, aber ich glaube, er ist das Geld wert. Arbeitest du?«

»Nein. Dann wäre das Telefon nicht eingeschaltet. Ich glotze die Decke an. Die ist undicht, aber ihr Anblick ist beruhigend.«

»Du hättest mir nicht von dem Hund erzählen dürfen. Ich habe von ihm geträumt. Ich habe geträumt, dass ich ihn in Stücke geschnitten habe, während du ihn festhieltest.«

»Nicht schlecht. Was ist mit deinem kleinen Finger passiert, Rebekka? Hat dich jemand festgehalten, während er abgeschnitten wurde?«

»Das war eine Kellerluke. Sie wog eine Tonne.«

»Wir sterben doch die ganze Zeit. Die ganze Zeit fallen Stücke von uns ab. Hast du gewusst, dass siebzig Prozent von dem, was wir als Hausstaub bezeichnen, aus toten Zellen besteht?«

»Ich war auf der Vernissage, Leo. Ich war am Freitag da, nicht am Montag.«

...

»Bist du noch da?«

»Natürlich warst du am Freitag da. Hast du jemanden umgebracht? Keine Panik. Der alte Leo verschafft dir das benötigte Alibi.«

»Ich benötige nichts. Ich arrangiere nur ein wenig die Vergangenheit. Nicht viel. Ein wenig.«

»Du bist betrunken und ein wenig verrückt. Das macht nichts. Aber ich will mit dir auf den Fjord hinausfahren. Am liebsten nachts. Wir können zuerst hier essen. Sag nicht nein, ich bin ein guter Koch.«

»Ich weiß nicht. Ich weiß nicht einmal, warum ich dich anrufe.«

»Du willst, dass ich Montag in Freitag verwandle. Das ist kein Problem. Wozu hat man denn Freunde?

Komm, wann du willst, oder lass es sein. Erinnerst du dich an den Autounfall, von dem du mir erzählt hast? Das hat mich auf eine Idee gebracht.«

»Was für ein Autounfall?«

»Du hast erzählt, dass du einmal als Erste am Unfallort warst. Irgendwo an der Westküste. Du bist eine gute Erzählerin. Du hast gesagt, dass es nach Exkrementen und verbranntem Gummi roch. Nach Motoröl und Blut. Es ist nicht leicht, aber ich glaube, ich kann es schaffen. Wenn du beschließen solltest, deine Einzelzelle zu verlassen, dann wäre es schön, wenn du herkommen und einen Kommentar abgeben könntest. Scheiß auf den Fjord. Das ist einfach ein Kick für mich. Aber ich kann ihn auch für mich behalten.«

Sie unterbrach die Verbindung und schaltete das Telefon aus. Jetzt kam die Einzelzelle, das Klo in der Ecke, der Mann allein mit den Männerzeitschriften, dem Wichslappen und dem toten Fernseher. Sie schüttelte den Kopf, doch das Bild ließ sich nicht vertreiben; sie hatte ihm geschrieben, hatte geschrieben, dass sie gern hart rangenommen werde, einen tiefnassen Brief, von dem sie wusste, dass er wieder und wieder gelesen werden würde, weil dort, in der gesegneten Einsamkeit, eine Nacht auf die andere folgte.

10

Sie hatte erwartet, das Klubhaus hinter hohen Mauern, Stacheldraht und Absperrungen vorzufinden. Aber das stimmte nicht, und sie dachte, dass sich ihre Vorstellung einer MC-Festung vielleicht aus den Schlagzeilen der Boulevardpresse oder ihrer eigenen Phantasie gespeist hatte. Jedenfalls war es eine Tatsache, dass die »Hot Rats« sich in einem leerstehenden Fabrikgebäude zwei Kilometer außerhalb der Stadt trafen, es lag dicht an der Hauptstraße und war so leicht zu erreichen wie irgendeine Tankstelle. Ein heruntergekommener Volvo stand vor einem zweistöckigen Steinhaus, und unter den Fenstern im ersten Stock hatten die Clanmitglieder ein verschossenes rotgelbes Transparent befestigt, um zu verkünden, dass hier das Fähnlein Rattenschweif hauste. Es war fünf Uhr, es wurde dunkel, und als sie vorüberkam, wurde drinnen Licht gemacht. Sie dachte an Bimbos riesige Fäuste, an alles, was er damit machen konnte, von körperlichen Bestrafungen im Vollsuff bis zu etwas so Alltäglichem, wie auf einen Schalter in einem Lokal zu drücken, bei dem es sich einmal um die Verwaltungsräume der Firma oder vielleicht die Kantine gehandelt haben mochte.

Sie wendete beim ersten Kreisverkehr und fuhr zurück, wobei sie darauf achtete, normales Tempo einzuhalten. Kein Mensch war zu sehen, weder auf dem Platz vor dem Gebäude noch hinter den inzwischen drei beleuchteten Fenstern, und sie ertappte sich bei dem Gedanken, worüber eine Bande aus erwachsenen Mannsbildern wohl sprechen mochte, was sie innerhalb dieses selbstgewählten Rahmens aus Isolierung und Geheimhaltung wohl unternahmen. Es war pathetisch, es war kindisch, aber sie erinnerte sich an ihren eigenen jugendlichen Wunsch, sich abzumelden; diese Jungs hatten den Traum behalten und so weit wie möglich in die Tat umgesetzt. Sie konnten sich der Steuererklärung und den Ansprüchen, die der Alltag stellte, wohl kaum entziehen, aber sie lebten trotzdem in einer Gemeinschaft, in die andere Menschen keinen Einblick und an der sie keinen Anteil nehmen konnten. Aber worüber sprachen sie? Wovon träumten sie, wenn die schweren Motorräder in der Garage standen und Dreck und Schnee die Kleinstadt einhüllten? War es der Hass, der sie aneinander band, der Hass auf Kleinbürgertum und Konformität, auf Gebetshausmentalität und Heuchelei, die sich wie eine feuchtkalte Hand über die Stadt legten, oder war ihnen alles scheißegal, tranken sie Bier und dachten scheißegal, ließen sie alles seinen eigenen Kurs steuern?

Es war nicht so wichtig. Von ihr aus sollten sie jeden Kurs steuern, der ihnen gerade passte, Hauptsache sie konnte sie dazu bringen, den einen oder anderen Hafen aufzusuchen.

Ach, da ging sie. Nina. Am Fjord entlang, zusammen mit Menschen, deren Namen sie kaum kannte. Einen feinen Kinderkopf hatte sie aus dem grauen Ton geformt, aber sie lief jetzt weiter und erzählte den anderen, dass du ein sensibler Charakter bist, dass du einfach keine Ungewissheit ertragen kannst, wenn du deinen Sohn hütest. Dass du auf die Uhr schaust und keine Ruhe findest, so lange das Telefon nicht geklingelt hat. Das hat nicht nur mich beeindruckt, das darf ich wohl behaupten. Wir haben uns vorgestellt, wie du rastlos im Zimmer hin und her läufst, mit dem Kind auf dem Arm, und deshalb habe ich Nina mein Mobiltelefon gegeben, das war doch selbstverständlich. Hier, habe ich zu Nina gesagt. Hier hast du mein Telefon. Ruf kurz an. Sie suchte Schutz hinter der Würstchenbude und rief dich an. Ulf und ich warteten unten auf dem Weg und sahen, wie du strahltest, als sie sich meldete. Du wirst schon sehen, dass er ein totales Schwein ist, dachte hier jemand, das spürte ich plötzlich ganz deutlich. Du wirst sehen, dass er von der altmodischen Sorte ist, die der eigenen Frau nicht einmal einen Abend in der Stadt gönnt, mit Leuten, die sich bald als gute Freunde entpuppen können. Aber nein. Die Person, die das gedacht hatte, hatte sich geirrt. Du bist ein moderner Mann. Etwas anderes zu behaupten wäre falsch. Was ich jedoch gern wüsste, ist, ob du noch immer das Schlüsselbund mit der Hand umklammerst, tief, tief unten in deiner Hosentasche, wenn du gestresst bist, wenn du auf einen Anruf von Nina wartest, wenn irgendetwas ein wenig wehtut, ein wenig schwierig wird.

Inzwischen sah sie alles mit Stinas Augen. Sie lief durch die kleine Stadt und war Stina. Stina, angetrunken und nur halb anwesend, wenn sie die Einfahrt hochwankte, durch den feinkörnigen Schnee, der gefallen war, nachdem Konrad vor dem Schlafengehen noch Schnee geschippt hatte. Warum war sie nicht zu Harald und den Kindern nach Hause gegangen, das wusste sie nicht, hier war sie und heulte durch die Dunkelheit und sah, wie im Haus ihrer Schwester das Licht anging. *Es tat so entsetzlich weh!* Sie ließ sich in die Diele führen, zu den vertrauten Familienbildern, die an den Wänden hingen, auf der Kommode standen, Rebekka und die Kinder, Mutter und Vater, Konrad und Harald im Boot, irgendwo auf den Lofoten; sie konnte das alles nicht erfassen, es war zu schwer, überhaupt von irgendetwas zu wissen, das mit Vergangenheit und Geborgenheit zusammenhing. Sie hörte Rebekka plappern und hörte das Wimmern, das lauter wurde, als sie das viele Blut entdeckte, Konrad, der fluchend im Schlafzimmer verschwand, um sich anzuziehen, der nach einem Arzt schrie, und Rebekka, die sagte, warte, mach dich bereit, aber lass uns beide für einige Minuten allein.

Dann die Küche, und was ist passiert, wer hat dir das angetan?

Sie wusste nicht mehr, wo sie den Wagen abgestellt hatte. Sie konnte sich nicht einmal mehr daran erinnern, dass sie in die Stadt gefahren war. Es war fast acht Uhr, drei Stunden waren aus ihrem Bewusstsein gestrichen, drei Stunden Stina und lange, lange Nacht, jetzt lösten die Bilder von damals sich auf; sie stand auf dem Marktplatz und fror.

Für einen Moment sah sie das Auto, das draußen vor Niels Petters Büro stand, das kam ihr logisch vor, deshalb ging sie hin.

Aber auch dort war kein Auto zu sehen. Das machte ihr zu schaffen. Sie war schon früher ausgefallen, aber sie dachte, drei Stunden seien eine lange Zeit; eine viel zu lange Zeit, gefährlich.

Es fing an zu regnen. Sie trieb sich im Hafen herum und suchte nach diesen drei Stunden, sie fand sie nicht, sie wurde klatschnass, am Ende fuhr sie mit dem Taxi nach Hause.

Als sie unter der Decke lag und die Erkältung immer dichter an sie herankroch, dachte sie wieder an Leo. Daran, dass sie am Vorabend eine Art Bündnis mit ihm eingegangen war. Er wusste das selber nicht, deshalb musste sie es sich ganz besonders klar vor Augen halten.

Am nächsten Tag lag sie im Halbschlaf im Bett. Sie hörte die Großmutter in der Küche mit Töpfen und Besteck klappern, und sie hörte Stinas eilige Füße auf der Treppe. Sie ahnte die Anwesenheit ihres Großvaters im Zimmer, er saß immer bei ihr, wenn sie krank war, saß Stunde um Stunde dort und erzählte von fremden Häfen. Jetzt versank sie in regelmäßigen Abständen in tiefen Schlaf und träumte alles noch einmal, sah alles vor sich, wie sie es damals gesehen hatte, zerschnitt es aber in

Fragmente, ab und zu sah sie Leo als Schiffsjungen oder Heizer, Nina als eine der unaussprechlichen Frauen in Rio, Kapstadt oder Rotterdam. Sie sah blaue Lagunen mit kreideweißen Stränden, sah Segler und Totenschiffe, die durch schwere See stampften. Und sie sah das Gesicht des Großvaters, als es aufs Ende zuging, eingefallen und zahnlos, bereit für den wirklich großen Segeltörn.

Als sie gegen neun Uhr abends erwachte, war ihr Kopf um einige Kilo leichter, und sie wusste, dass der Wagen vor der Bäckerei in der Storgate stand.

11

Rebekka hielt ganz unten am Campingplatz, unter den windschiefen Kiefern am Kiosk. Der Kiosk war für den Winter geschlossen, grüne Blenden vor den Fenstern, ein Plastikpapierkorb hing noch an einer Schraube und war zur Hälfte mit Wasser gefüllt. Es war so still, nur der Wind in den Baumkronen war zu hören und die Wellen weiter unten am Sandstrand. Von einem Baum hing noch ein Seil herab, es tanzte in der Dunkelheit ein wenig hin und her, sie dachte an die Puppe und an die Schaukel, die früher hier gehangen hatte. Hinter dem Kiosk führte der Weg durch den Wald, aber es war so dunkel, so stockdunkel, sie ging über den Weg bis zum Wasser und folgte dann der Strandlinie, dem weißen Sand, der zur Landspitze führte. Zwischen den Bäumen konnte sie die Umrisse von Ferienhäusern ahnen, die dort errichtet worden waren, lange vor Erlass der Gesetze gegen Zersiedlung der Landschaft; niedrige Dächer hinter winterschwarzen Hecken und Büschen, Boote mit umgedrehtem Kiel. Sie versuchte sich Leo in selbst gewählter Einsamkeit vorzustellen, hier draußen in den langen dunklen Wintermonaten, und sie glaubte ihn zu verstehen, man ist niemals ganz einsam, wenn man einen Strand als Nachbarn hat, Seevögel, das Eis, das gegen Sand und Steine presst. Nach einigen Minuten hatten ihre Augen sich besser an die Dunkelheit gewöhnt, über ihr tauchte der Sternenhimmel auf, Großer Wagen, Venus, alle anderen, deren Namen sie nicht kannte.

Sie fand ihn auf einem Baumstamm, dort, wo der Sandstrand dem dunklen Fels begegnete, der Baum war halb in den Boden eingesunken, er hatte die Knie fast bis ans Kinn gezogen, sie sah das orange Glühen der Zigarette, ehe sie ihn von der Dunkelheit um ihn herum unterscheiden konnte.

»Ich hoffe, du hast Hunger«, sagte er. »Ich habe heute Morgen einen Lengfisch von fast vier Kilo erwischt.«

Essen. Sie hatte seit dem Frühstück nichts mehr gegessen, das merkte sie jetzt, es war halb elf, sie hatte ihr Gedärm nicht schreien gehört, bis er den Mund aufgemacht hatte.

»Isst du immer so spät zu Abend?«

Er warf seine Zigarette ins Meer. »Hier draußen esse ich rund um die Uhr zu Abend. Ich habe die ganze Zeit Hunger. Ich suhle mich in Fischen und Krustentieren, ich fresse verdammt nochmal das ganze Meer.«

»Das ist schön. Ich glaube, ich könnte auch allein einen Lengfisch von vier Kilo verzehren. Ich habe zwei Tage im Bett verbracht, ich war total kaputt.«

Er stand auf. »Du hast leicht hergefunden?«

»Da, wo wir als Kinder gespielt haben, finden wir uns doch immer zurecht. Du hättest mir nicht entgegenkommen müssen.«

»Das spielt doch keine Rolle. Ich mache um diese Zeit ohnehin immer eine Runde.«

Sie gingen. An der glatten Felswand reichte er ihr die Hand, sie freute sich trotz allem darüber, dass er ihr entgegengekommen war. Bald darauf erreichten sie zwischen den glattgescheuerten Felsbuckeln den Weg, und er ließ sie los.

Sein Haus lag am Ende der Landspitze, zuerst sah sie das gelbe Quadrat, das durch ein Fenster auf das welke Gras des Vorjahres fiel. Sie war als Kind hier gewesen, sie war als Kind überall hier draußen gewesen, aber sie verband diesen Ort nicht mit Gesichtern, mit Stimmen.

»Warte«, sagte er. »Hör zu!«

Der Wind. Nur der Wind.

»Das ist Gott, der irgendwas auf dem Herzen hat. Ich weiß nicht, was er will, aber etwas ist es jedenfalls.« Er lachte. »Ich bin das halbe Jahr hindurch Atheist, hier draußen aber bin ich tief gläubig. Es ist unmöglich, mitten im Juli in Oslo an Gott zu glauben, aber hier draußen und in diesem Moment ist es fast unvermeidlich. Die Dunkelheit. Das Meer. Ich kann als Christ am besten arbeiten. Sommeroslo macht mich zum Penner, zum blöden Bettler. Ich treibe mich monatelang in den Straßen herum und rühre keinen Finger. Wenn ich zu malen versuche, kommt bloß Unsinn dabei heraus.«

»Das macht doch nichts, so lange du es dir leisten kannst, das halbe Jahr als Penner zu verbringen.«

»Alle können sich das leisten. Gerade das ist ein Luxus, den Gott und die Welt sich gönnen können. Aber auf die Dauer wird es ein wenig langweilig. Komm jetzt mit!«

Als sie das Haus betraten, fühlte sie sich unwohl. Das Zimmer war so, wie sie es sich vorgestellt hatte. Kamin in der Ecke, niedriger Couchtisch, Blindrahmen und die Reihen von Gemälden an den Wänden. Eine Tür führte in das Zimmer, das zweifellos das Schlafzimmer war, eine weitere in die Küche, in der Licht brannte. Die Staffelei stand vor dem Fenster unter einem ausgeschalteten Scheinwerfer, sie wusste, dass dessen Licht kalt und hart sein würde. Ein fast vollendetes Bild zeigte einen Autounfall, von dem sie nicht mehr wusste, ob sie ihm davon erzählt hatte, er hatte die Szene von oben gemalt, aber sie erkannte das Auto mit den Toten auf der spiegelglatten Straße an der Westküste. Überall lagen Pinsel und Farbtuben herum, es roch herb nach Terpentin und vollen Aschenbechern. Ein Sessel stand vor dem Fenster, sicher saß er hier, wenn er die Decke betrachtete. Für einen Moment dachte sie, dass sie als Kind möglicherweise hierher eingeladen worden sei, aber das stimmte nicht, es war nicht richtig, sie war zum ersten Mal hier.

Sie hörte, wie er mit den Töpfen klapperte und den Gasherd anzündete.

»Im Schrank neben dem Kamin steht Rotwein. Und ich glaube, auch noch irgendein Sherry.«

»Ich trinke überhaupt nichts. Ich fahre nachher zurück.«

»Wie du willst. Hab ich mit dem Bild richtig getroffen?«

»Ja. Aber so ein Zusammenstoß riecht nicht nach Terpentin und Ölfarbe.«

»Das hast du schon gesagt. Und ich wusste es auch vorher schon.« Er trat in die Küchentür und zog seinen Pullover hoch. Ein weißer Streifen verlief diagonal über den flachen Bauch.

»Schalthebel. Ich saß zwei Stunden fest und wartete, während die anderen mit dem Schneidbrenner am Werk waren.«

Sie wandte sich wieder dem halbfertigen Bild zu. Es war ihr Wrack.

»So. Jetzt muss der Fisch ziehen. Und wir warten auf die Kartoffeln. Ist dir kalt? Soll ich im Kamin ein Feuer machen?«

»Mir ist nicht kalt. Aber mach das trotzdem. Ich schaue so gern in offenes Feuer.«

»Das tun alle. Das Feuer begleitet uns schließlich schon, seit wir aufrecht stehen können. Ich glaube verdammt nochmal, dass die Flamme eine Luke in eine andere Welt bedeutet. Erinnerst du dich an den Kragstadhof am Markt? Ich war da, als er abgebrannt ist. Mein Vater ist mit mir hingegangen. Das werde ich nie vergessen. Ich glaube, der Anblick hat mich in eine Art Trance versetzt. Als die Flammen wuchsen und das Dröhnen sich immer noch steigerte, glaubte ich alles zu sehen, was im Haus passiert war, ich hörte Bruchstücke von Gesprächen, ich hörte Lachen und Weinen. Noch Tage später war ich nicht ganz da, und meine Gesichtshaut war straff und wund von der Hitze. Mein Vater wurde reichlich zusammengestaucht, weil er mich nicht in sicherer Entfernung gehalten hatte. Aber er war ein kluger Mann. Er machte nicht einmal einen Versuch, sich zu entschuldigen oder irgendetwas zu erklären. Ich glaube, er hatte das Fieber in meinem Blick gesehen. Gott weiß, vielleicht war es ihm ja auch so gegangen.«

Sie zog eine Zigarette aus seiner Packung und gab sich Feuer. »Eine Art Erkenntnis?«

Er drehte sich halbwegs zu ihr hin. Das Licht der Flammen tanzte über sein Gesicht, sie konnte sehen, dass er schwitzte. »Nicht Erkenntnis. Nur Gefühl. Und mehr brauche ich auch nicht. Ich habe eine Reihe von Jahren mit den Anthroposophen gespielt. Ich habe eine tiefe Abscheu vor dem Versuch entwickelt, das menschliche Gemüt mit dem Skalpell zu sezieren. Ich habe den Kern mitgenommen und mir andere Freunde gesucht, genauer gesagt, das habe ich nicht, ich habe gelernt, mit mir selber zu leben.«

Sie ging zum Fenster, blieb dort stehen und inhalierte die fremde Zigarette. »Den Kern?«

Er wischte Staub und Sägemehl von seinen Knien. »Stell dich nicht dümmer, als du bist. Christus. Golgatha. Und jetzt wollen wir doch mal sehen, ob vier Kilo Fisch und zwanzig Kartoffeln zwei Menschen speisen können.«

»Ich kann den Tisch decken.«

»Nein, das kannst du nicht, meine Liebe. Du kannst dagegen da stehen bleiben, wo du stehst, und noch zwei Zigaretten rauchen. Lehn dich einfach an den Fensterrahmen, rauch und glotz aufs Meer. Das ist ein schönes Bild. Ich finde es beruhigend.«

Aus dem Nachtbuch:
Aber ich stand nicht am Fenster, und ich rauchte auch nicht. Ich stand in der Haustür und hinter mir wogte der Sommertag; Licht, Farben, die Geräusche von Wellen, Vögeln und Insekten. Ich stand in der Haustür und wusste, dass ich nicht hier stehen dürfte, kurzes Sommerkleid, barfuß, ich kenne ihn nicht, er kann mit mir machen, was er will, wenn Vater davon erfährt, wird er zuschlagen.
Aber ich blieb stehen. Ich blieb stehen und hörte den großen Mann über Bilder erzählen, die ihm gut im Blick lagen, über meine Hüften, die sich in dem harten Rechteck krümmten, in dessen Mitte ich mich befand, ich rauchte nicht, ich saugte an meinen Fingern, zu der Zeit, als noch alle zehn unversehrt waren. Ich durfte den Fisch erst berühren, als er ihn gesäubert hatte. Für einen so großen Mann hatte er schmale, fast feminine Hände. Er saß dort am Tisch, mit dem dampfenden Fisch vor sich in der Schüssel, er zog die graue Haut ab, danach entfernte er mit großer Gründlichkeit jede einzelne Gräte, er war wie ein Chirurg, der mit der Präzision der Erfahrung das weiße Fleisch zerschnitt, bis es in leuchtenden Scheiben vor uns lag, die frisch gekochten Kartoffeln und Möhren dampften; das alles sah ich, als ich in der Tür oder am Fenster stand, vielleicht hatte ich mich gesetzt, ich weiß es nicht, aber ich sah es wie durch einen Dunstschleier. Und die ganze Zeit sprach er über sich und über die Stadt, in der wir beide unsere Kinderschuhe verschlissen hatten, er län-

ger als ich zwar, aber es lag ein »wir« in allem, was er sagte, selbst dann, wenn er über längere Zeiträume nur über sich sprach und über das, was er natürlich für seine Domäne hielt, die Bilder. Die Stadt, sagte er, und die, die dort wohnten, seien ein Spiel mit mehr oder weniger bekannten Spielfiguren, das verstand ich ja besser, als er ahnen konnte, er hatte in der Küche einen Stadtplan aufgehängt; der war identisch mit dem, den ich einige Tage zuvor gekauft hatte, in seinen Mußestunden stand er in der Küche und bewarf den Plan mit Pfeilen, danach suchte er die getroffenen Stellen auf, er hatte Schubladen voller Skizzen, die das Elektrizitätswerk, den Stadtpark, die Hafenanlage und den gewerkschaftseigenen Supermarkt bei Lien zeigten. Und aus Nybyen. (»Ich mag Nybyen nicht, Rebekka, das ist eine künstliche Prothese in einem Körper, der nicht mehr krank ist als alle anderen auch.«) Dazu sagte ich nichts, ich wollte nichts sagen, aber wieder sah ich den kleinen Jungen vor mir, der im Kinderzimmer schlief, die Eltern im Nebenzimmer, es war ein Uhr nachts. Sie sind so verletzlich, dachte ich. Da liegen sie und schlafen, zusammen, aber dennoch getrennt im Universum der Bewusstlosigkeit, morgen werden sie erwachen und sich für eine Familie halten, aber das ist nur ein Trick, um die Einsamkeit zu ertragen. Er hat so viel gesagt, ich kann mich nur an Bruchstücke erinnern, denn während wir das weiße Fischfleisch aßen und die Mandelkartoffeln mit zerlassener Butter übergossen, lag ich dicht neben Niels Petter

Holand, mit einer Hand auf seiner Leber, in der anderen ruhte das Skalpell, und Leo fragte, worüber ich lachte, ich sagte, ich wisse es nicht, es sei nur ein Einfall, ich sei schon als Kind so gewesen, und das stimmte nicht, es war eine glatte Lüge, ich war ein ernstes Kind, eine alte Seele in einem jungen Leib, ich glaube nicht, dass er mir glaubte, ich glaube nicht, dass meine Lüge ihm etwas ausmachte, wir spielten »wir tun so«, und in der Küche steckten die Pfeile im Stadtplan. Er trank Rotwein aus einem Halbliterglas, ich trank Eiswasser, und sein Blick traf meinen halben kleinen Finger immer dann, wenn ich mein Glas an den Mund hob.

Der Fisch schmeckte gut. Ich nahm mir dreimal nach und wurde schläfrig und noch abwesender. Es wurde wieder Sommer, und ich stand in der Tür und schaute ins Zimmer, ich musste der Erinnerung an diesen Raum einen Hintergrund geben, ich konnte nicht mit dem detaillierten Wiedererkennen leben, ohne ihn mit etwas verhältnismäßig Rationalem zu verbinden. Ich war auf dem Weg vorbeigekommen. Ich hatte Durst, ich hatte ihn um ein Glas Wasser gebeten. So war das alles.

Später gingen wir nach draußen. Es war kalt und still, und über uns wölbte sich der Sternenhimmel. Wir gingen bis zum Rand der Felsen und standen da und rauchten beide. Weit hinten im Fjordinneren konnten wir die Lichter der Stadt sehen, und die Stadt war in diesem Moment eine andere Welt, ein fremder Planet.

Ich dachte, jetzt wird er mich sicher bitten hierzubleiben, aber das tat er nicht, so ist er nicht, und deshalb wäre ich gern geblieben, aber dann dachte ich an das Bett im Mädchenzimmer, wir gingen ins Haus und tranken Kaffee, und dann fuhr ich nach Hause.
Auf halbem Weg zur Stadt hielt ich an, bei einer Noroil-Tankstelle, die in meiner Kindheit BP geheißen hatte. Es war nach halb drei, nirgendwo war ein Mensch zu sehen, aber in der Tankstelle und in der Telefonzelle beim Eingang zu den Toiletten brannte Licht. Ich wählte die Nummer von Niels Petter und Nina, und ich ließ es lange, lange klingeln, bis Nina sich ängstlich meldete. Ich stellte sie mir barfuß auf dem neuen Parkett vor, sie wollte so gern mit jemandem sprechen, mit mir, aber ich stand nur dort und beobachtete mein Spiegelbild in der Fensterscheibe, bis sie auflegte.
Ich freute mich darauf, mit ihr in Leos Ausstellung zu gehen. Ich freute mich darüber, dass sie außer denen, die sie mit Niels Petter teilen konnte, noch andere Interessen hatte.

Als ich nach Hause kam, konnte ich einfach nicht schlafen, ich hatte wohl zu viel gegessen, aufgeregt war ich auch, ich weiß nicht so recht, warum. Ich öffnete eine Flasche Wein und lief im Wohnzimmer hin und her und trank dabei große Schlucke. Ich redete laut mit mir selbst oder mit den Wänden, ich ahmte Niels Petter Holands Stimme nach, so, wie sie in meiner Erinnerung klang. Dass es in einer Kleinstadt wie die-

ser hier eine Motorradbande gibt, ist ein Unding, sagte ich. Sie handeln mit Drogen. Sie trinken und schlagen andere windelweich. Diesem Treiben muss jetzt bald ein Ende gesetzt werden. Es ist eine falsch verstandene Form von Toleranz, eine Missdeutung von Wörtern wie Freiheit und Gleichheit, wenn man solches Gesindel einfach gewähren lässt. Ich muss hier an diesem Ort einen Sohn großziehen. Ich bezahle meine Steuern und erwarte dafür eine Gegenleistung.
Ich leerte die Flasche und öffnete eine weitere. Draußen war es noch immer stockdunkel, nicht einmal am Horizont des Osthimmels war ein grauer Streifen zu sehen. Ich stellte mir vor, dass die Nacht andauern würde, bis ich aufgeräumt hätte. Ich holte mir die Gummihandschuhe und setzte mich vor den Computer.

Sie wollte den Brief sofort aufgeben, doch der Wein machte sich bemerkbar. Es war Viertel vor fünf. Sie setzte sich in den Sessel vor dem Kamin, noch immer mit den Gummihandschuhen an den Händen, und schlief ein.

12

Nina hielt auf der anderen Straßenseite und hob den Jungen aus dem Kindersitz. Der Wind ließ ihre Haare tanzen, als sie das Auto abschloss und zum Zebrastreifen ging. Sie trug Jeans und unter einer Lammfellweste einen dicken grünen Wollpullover. In der engen Straße herrschte reger Verkehr, sie betrachtete die Fenster des Fønix, hielt das Kind an der Hand und wartete auf Grün.

Rebekka winkte und Nina winkte zurück. Dann hob sie das Kind auf ihre Hüfte und zeigte über die Straße.

Wie alltäglich, dachte sie. Zwei Freundinnen treffen sich im Café. Das passiert auf der ganzen Welt, in jeder Stadt, an jedem Tag. Kaffee. Ein Stück Kuchen, vielleicht ein Butterbrot. Das leichte Geplauder oder die tiefen Herzensergüsse. Es ist so leicht.

Grün. Der grüne Mann, der zum Gehen auffordert.

Nina trug ihren Sohn über den Zebrastreifen und setzte ihn dann vorsichtig ab. Und dann waren die beiden erst wieder zu sehen, als sie in der Tür standen.

»Ich bin an der Stelle, wo die Straße eingebrochen ist, steckengeblieben«, sagte sie und zog dem Kind den Overall aus. »Tut mir Leid.«

»Ich habe nicht mal auf die Uhr geschaut«, sagte Rebekka. Sie begrüßte den Kleinen auf Babysprache, er lächelte zurück. »Der ist aber niedlich.«

»Er kommt nach seinem Vater.«

Sie gingen zur Vitrine mit den belegten Broten.

Rebekka dachte: das stimmt. Die Augen. Die Stirn. Als Erwachsener wird er schöne Hände haben.

Nina setzte sich und fuhr mit der Hand durch ihre vollen Haare. »Ich soll übrigens grüßen. Er findet es schön, dass ich jetzt eine Bekannte habe. Um ganz ehrlich zu sein, es war für mich nicht leicht, mich hier einzugewöhnen. Sogar meine Stimme hat bisweilen sehr darunter gelitten. Ich freue mich auf die Ausstellung.«

»Das ist ziemlich harter Tobak.« Rebekka lachte. »Nur, damit du gewarnt bist.«

Nina aß gierig ihr mit einer Frikadelle belegtes Brot und sprach mit vollem Mund. »Ich kenne andere Bilder von ihm. Die sind wirklich reichlich bizarr, aber er hat eine Kraft, die mir gefällt. Die meisten Leute hier unten halten ihn für ziemlich verrückt, aber etwas anderes wäre ja wohl kaum zu erwarten.«

»Und ich glaube, ihm gefällt das recht gut.«

»Kennst du ihn?«

Rebekka schüttelte den Kopf. »Ich habe ihn vor einiger Zeit von Holmestrand mit nach hier genommen, als er per Anhalter unterwegs war. Und hier läuft man sich ja ab und zu über den Weg. Wir haben zweimal zusammen gegessen.«

Nina hob die Augenbrauen. »Ach was!«

»Aber nein, ganz ruhig. Ich weiß ziemlich genau, was meine jetzige Freiheit wert ist. Und außerdem wirkt er auf irgendeine Weise total neutral in Bezug auf... ich weiß nicht.«

»Scharfer Typ. Hältst du ihn für schwul?«

»Nein, das glaube ich eigentlich nicht. Aber ab und zu frage ich mich, ob er überhaupt irgendetwas ist. Er ist enthusiastisch, großzügig, aber in mir sucht er einwandfrei nur eine Gesprächspartnerin.«

»Vielleicht geht er ja nur ein bisschen geschickter vor als die breite Masse?« Nina lächelte.

Rebekka gab sich Feuer. »Wenn er so geschickt ist, dann soll er auch zum Zuge kommen. Ein- oder zweimal.«

Sie lachten.

»Du siehst ein bisschen erschöpft aus, meine Liebe. Deine Augen kommen mir so müde vor.«

»Ich finde, du siehst müde aus, Nina. Musst du oft Nachtwache halten? Ich weiß noch, wie meine klein waren. Vor allem Eivind hat uns fast zum Wahnsinn getrieben.«

Sie schüttelte den Kopf. »Er schläft jede Nacht wie ein Stein. Aber irgendein Idiot ruft uns zu den unmöglichsten Zeiten an. Wir müssen nachts den Telefonstecker herausziehen. Aber tagsüber... o verdammt, ich will doch nicht vollständig isoliert da herumsitzen. Und Niels Petter bringt abends oft Arbeit mit nach Hause. Er hat natürlich auch ein Mobiltelefon, aber trotzdem...«

»Sauereien?«

»Nein. Nicht ein Wort. Nicht ein einziges Sterbenswörtchen. Ich begreife das alles überhaupt nicht. Auf irgendeine Weise finde ich es so noch widerlicher, als wenn er die üblichen Sprüche brächte. Niels Petter wird einfach nur wütend, aber mich macht dieser Quatsch nervös. Allein das Wissen, dass irgendein Halbirrer seine Zeit damit verbringt, dir Stress zu machen!«

»Ich finde, du solltest mal mit der Polizei sprechen«, sagte Rebekka. »Vielleicht können sie nicht sehr viel unternehmen, aber ich glaube, so was ist wichtig für das eigene Selbstwertgefühl. Dass wir uns nicht alles blind gefallen lassen. Außerdem handelt es sich ja vielleicht wirklich um einen Verrückten. Und dann kann es wichtig sein, dass die Polizei auf dem Laufenden ist.«

»Himmel, sag doch so was nicht!«

»Kein abgewiesener Liebhaber? Kein halb verrückter Ex? In irgendeiner Zeitschrift habe ich gelesen, dass in solchen Fällen zumeist ein eifersüchtiger Mann dahintersteckt. Falls der Irrsinn kein System aufweist, meine ich. Wenn es nicht irgendein zufälliger Wichser ist, der deine Nummer im Telefonbuch gefunden hat.«

Nina schüttelte den Kopf. »Ich wüsste nicht, wer das sein sollte. Mit solchen Männern hatte ich noch nie etwas zu tun. Da hab ich Glück gehabt. Außerdem... es ist doch auch möglich, dass er es auf Niels Petter abgesehen hat.«

»Mm. Was macht der eigentlich?«

»Er ist Bauunternehmer.«

»Unzufriedener Kunde vielleicht.«

»Das habe ich mir auch schon überlegt. Aber unzufriedene Kunden äußern sich normalerweise am Telefon laut und deutlich.«

Aus dem Nachtbuch:
Sie hat Glück gehabt. Einwandfrei. Sie hatte noch nie etwas mit gerissenen Psychopathen zu tun. Sie kriecht jede Nacht zu Niels Petter Holand ins Bett (er lässt grüßen!), und da fühlt sie sich geborgen. Ist es wirklich möglich, dass er sie noch nicht geschlagen hat? Ein seltsamer Mann. Ein wandelndes Mysterium. Stina hat mir immer wieder erzählt, wie er sie so fest an den Haaren gepackt hat, dass ihre Kopfhaut gerissen ist, während er mit der rechten Hand den Yale-Schlüssel unter ihren Augapfel presste und ihr erklärte, was alles passieren könnte, wenn sie beim Schwanzlutschen ihre Zähne nicht unter Kontrolle hielte.
Braver Junge. Danach schob er sich zwischen alle Finger einen Schlüssel, ballte eine Faust und schloss sie von unten her auf.

»Komm«, sagte Rebekka. »Jetzt sehen wir uns das Fleisch an.«

13

Im Haus, Dez., Nacht

Liebe Stina!

jetzt bin ich schon seit mehreren Wochen hier unten. Ich will nicht behaupten, ich hätte das Gefühl, gestern erst gekommen zu sein, aber die Tage und Nächte rinnen mir so durch die Finger. Ich hatte ganz vergessen, wie still es hier im Winter ist. Die Stadt scheint den Atem anzuhalten, während sie auf einen neuen Frühling und Sommer wartet. Ich bin allein in dem großen Haus und unternehme fast nichts. Und trotzdem fliegt die Zeit nur so dahin. Ab und zu gehe ich ins Fønix, aber meistens bleibe ich zu Hause. Trinke Wein und starre in den Kamin. Lese ein wenig. Ursprünglich hatte ich vor, mir bei Bjerke einen Fernseher zu mieten, aber den Gedanken habe ich mir aus dem Kopf geschlagen. Weißt du noch, wie komisch wir es fanden, dass Oma und Opa keinen Fernseher hatten? Ich soll übrigens ganz herzlich von ihnen grüßen, ich habe mich um das Grab gekümmert und ein schönes Gesteck aus frischen Tannenzweigen hingelegt. Zu Weihnachten (denn so lange bleibe ich sicher noch hier) will ich Kerzen aufstellen. Oma wird das bestimmt ein wenig zu »katholisch« finden, aber ich bin sicher, dass es Opa gefallen wird.

Als ich nach dem Abend bei dir hierher fuhr, bin ich in

ein entsetzliches Regenwetter geraten. Regen und Schnee wechselten sich ab, und es war spiegelglatt. Kurz vor Sandefjord kam ich an einer Unfallstätte vorbei. Es war ganz entsetzlich. Ein PKW war mit einem ihm entgegenkommenden LKW zusammengestoßen und total zusammengedrückt worden. Mehrere andere Wagen waren in das Wrack hineingefahren, und einzelne hatten auf ein Feld ausweichen müssen. Weder der Wagen noch ich trugen auch nur eine Schramme davon, aber ich habe doch arg gezittert, das kannst du dir vorstellen. Doch wie das Leben so spielt, Stina! Gerade durch dieses Schreckliche habe ich einen interessanten Menschen kennen gelernt. Er heißt Leon und ist Fotograf. Sein Wagen war dermaßen übel zugerichtet, dass er nicht weiterfahren konnte, und als sich herausstellte, dass er hierher wollte, habe ich ihn natürlich mitgenommen. Und seit diesem Abend haben wir uns ab und zu getroffen. Ich habe durchaus nicht vor, irgendeine Art von fester Beziehung einzugehen, aber es macht Spaß, mit ihm zu reden – und als Liebhaber ist er auch gar nicht schlecht. Außerdem wollte ich immer schon wissen, wie ein Künstler arbeitet. Er wohnt eigentlich in Oslo, verbringt aber die Wintermonate hier unten – in einem Ferienhaus am Solheimstrand (weißt du noch, Opa, mit dunkelblauer Wollbadehose, die vierzehn Kilo wog, wenn er aus dem Wasser kam?). Leons Haus liegt ganz am Ende der Landspitze. Wirklich, wie das Leben so spielt... Denn ausgerechnet in dieser Hütte war ich einmal als Kind.

Es muss auf einem unserer Badeausflüge gewesen sein, denn ich war sicher viel zu klein, um auf eigene Faust herzukommen. Ich hatte im Gestrüpp zwischen den Felskuppen Brombeeren gepflückt und weiß noch, dass ich entsetzlich durstig war. Ich begreife im Grunde nicht, wie ich das wagen konnte, ich war doch angeblich ein schüchternes Kind, aber ich bat einen alten Mann in diesem Haus um ein Glas Wasser. Er war nett, er hatte Ähnlichkeit mit Opa, aber ich glaube, ich habe noch nie irgendwem davon erzählt. (Du kannst dir ja vorstellen, wie unsere Eltern reagiert hätten!) Na ja, es kommt jetzt ab und zu vor, dass ich in diesem Haus sitze, zusammen mit Leon. Er ist ein leidenschaftlicher Fischer und ein guter Koch. Und außerdem eben Künstler. Er arbeitet ausschließlich in Schwarzweiß und fast nur in großen Formaten. Porträts. Details aus Stadt und Natur. Seltsame, stimmungsgesättigte Dinge. Ich habe in vieler Hinsicht das Gefühl, von ihm Sehen zu lernen, wenn ich mit ihm zusammen bin. So, als öffne er mir die Augen. Er hat das eine Schlafzimmer als Dunkelkammer eingerichtet, aber er hat auch in der Stadt ein Atelier gemietet, um Platz für seine großen Arbeiten zu haben. Im Moment arbeitet er wie besessen an einer Ausstellung, die in Langesund stattfinden soll.
Ansonsten habe ich vor, mich auf meine alten Tage auch noch zur Künstlerin zu entwickeln. Nein, nicht lachen! Jeden Donnerstag besuche ich einen Töpferkurs in der Schule draußen in Nybyen, und ich bin

durchaus nicht so ungeschickt, wie du vielleicht glaubst. Anfangs habe ich ja vor allem Aschenbecher der Fünfzig-Kilo-Klasse produziert, nun bewege ich mich langsam, aber sicher in Richtung des Skulpturellen. Der Lehrer behauptet, ich sei begabt, und vor kurzer Zeit ist mir ein Kinderkopf gelungen, mit dem ich ehrlich gesagt recht zufrieden bin. Ich werde Leon bitten, ihn zu fotografieren, dann kannst du dir selbst ein Urteil bilden.
In meinem Kurs ist mir eine Frau begegnet, mit der ich ab und zu einen trinken gehe. Bente ist um einiges jünger als ich, aber wir haben uns sofort verstanden. Sie ist von Hamar aus hergezogen und fand es nicht so leicht, mit dieser Stadt warm zu werden, und damit haben wir gleich einige Gemeinsamkeiten. Sie hat eine vierjährige Tochter, einen kleinen Sonnenstrahl, die mich schon Tante nennt. Ihr Lebensgefährte arbeitet in einer Anwaltskanzlei. Sie haben mich für nächsten Samstag zu sich nach Nybyen zum Essen eingeladen. Es ist schon seltsam, denn wenn ich mit Niels und Bente und der Kleinen zusammen bin, dann fühle ich mich sozusagen in der Zeit zurückversetzt. Dann fallen mir die guten Jahre zusammen mit Konrad ein, als die Kinder noch klein waren. Sie sind so jung und blicken mit so großem Optimismus in die Zukunft. Als alte Tante bin ich natürlich gern bereit, ab und zu die Babysitterin zu spielen.
Ich denke an dich, Stina. Ganz oft! Das Haus ist so leer und einsam, aber trotzdem glaube ich für Momen-

te Bruchstücke aus Gesprächen von damals zu hören. Bilder zu sehen. Oma, die an dem alten Holzherd kocht. Du und Opa, die unten im Garten Schmetterlinge fangen. Du warst so braun, du bist damals immer wochenlang nackt herumgelaufen... Ich denke oft, dass die Zeit im Kreis geht, und nicht geradeaus, so wie wir in unserer Kultur den Zeitbegriff auffassen. Dass alles gleichzeitig geschieht und sich in einem gewaltigen Tableau aus Farben und Formen, aus Gefühlen, Träumen und Gehöreindrücken ausbreitet. Wenn man das so sieht, dann sind wir noch immer die unberührten Kinder, die wir waren, und den Tod tragen wir in uns als eine Erfahrung unmittelbar unter der Oberfläche der Erkenntnis. Ich kann stundenlang am Fenster sitzen und auf die Bäume im Garten hinausblicken. Auf die Zweige, die sich im Wind bewegen. Dieser Anblick hat etwas Hypnotisches, er zieht in etwas anderes hinein, in etwas, das dahinter liegt. Ich stelle mir vor, dass wir durch eine Wirklichkeit waten, in der unsere Auffassung unserer physischen Umgebung nur ein kleiner Teil eines unendlichen Ganzen ist, der alleräußerste Teil einer Speerspitze. Dass alles, was wir tun und denken, nur ein Spiegelbild des Wirklichen ist. Du sprichst nicht mehr. Na gut. Aber dann ist dein Schweigen wohl eine Art Echo aus den geschlossenen Räumen, die du in dir trägst. Ich verstehe dich nicht. Vielleicht habe ich dich nie verstanden. Aber ich bin für einige kurze Jahre zusammen mit dir hier. Als du zum ersten Mal versucht hast,

dir das Leben zu nehmen, bin ich in Panik geraten, ich war einfach außer mir. Und am Ende war ich dann vor allem wütend. Nicht, weil du mir das angetan hattest, uns, Harald und den Kindern, sondern weil ich nicht wollte, dass du seinetwegen den Kopf aufs Schafott legen solltest – und für alles, was er repräsentiert. Ich glaube an das Böse als etwas ganz Konkretes. Ich glaube an einen Kampf zwischen Gut und Böse, daran, dass dieser Kampf sich in unserem eigenen Fleisch und Blut abspielt. Dort draußen gibt es etwas, das wir nicht spüren können, einen schwarzen Ursprung, der ihm und dir dieselben Impulse schickt. Wenn du dir das Leben nimmst, dann vollendest du eine Handlungsreihe, die über ihn angeworfen worden ist, in dieser elenden Dezembernacht. Ich sage »über ihn«, denn er ist eine Puppe, die an Fäden baumelt, von denen er nichts weiß und die niemand sehen kann.
Ich weiß, dass du nicht antworten wirst, deshalb bitte ich dich auch nicht darum. Aber schick mir bitte ab und zu einen Gedanken, ja?
Und sei umarmt von Rebekka

Sie wartete drei Tage lang vor dem Büro im Auto auf ihn, und drei Tage lang kam er wie immer pünktlich, nichts an ihm wies auf irgendeine Form von Veränderung hin, er war derselbe, der energische Niels Petter Holand, der seine Arbeit tun, der Frau und Kind versorgen musste, er nahm immer drei Treppenstufen auf einmal, er war so stark, und darüber freute sie sich. Ja, sie freute sich, sie saß in dem verräucherten Wagen und spürte, wie Wärme sich in ihr ausbreitete, wenn sie ihn sah, weil diese viele Kraft, dieser Überschuss an Energie, den er ausstrahlte, von nun an ihr gehörten.

Montag, Dienstag, Mittwoch.

Am Donnerstag kam er nicht. Sie wartete zwei Stunden auf ihn, aber er kam nicht.

Später fuhr sie auf den schmalen Straßen über Land. Hier und dort lagen Schneeflecken, und im Schatten eines hohen Waldes war der Asphalt von einer dünnen Eisschicht bedeckt. Oben im Tal lagen verstreut die kleinen Höfe und ab und zu ein einzelnes Wohnhaus. Sie dachte, auch hier leben Menschen, hier stehen sie aus ihren warmen Betten auf und gehen zur Arbeit, hier lieben sie sich und zeugen Kinder, hier bringen sie sich gegenseitig um oder haben durch Nachrichtensendungen in Radio und Fernsehen mit der Welt zu tun. Aber vor allem herrscht hier der Alltag, der heilige normale Alltag, mit dem man nicht ringt, aus dem man nicht ausbricht, so lange die Umstände nicht dazu zwingen.

Als sie vor den drei Bildern des verwesenden Hundes stand, hatte Nina gesagt: »Wieso ist das eigentlich so schrecklich? Es ist doch ganz normal. Ein natürlicher Prozess. Das Fleisch verwest und wird zu Erde.«

Alltag. Donnerstag.

Rebekka dachte, dass Nina sich wirklich große Mühe gegeben habe, um in Leos Welt einzutreten. Sie hatte vorher eine Entscheidung getroffen, sie wollte nicht auf der Seite derer stehen, die von kranker Kunst reden, sie war aufgeklärt und offen und kannte außerdem schon andere Bilder von Leo, sie kannte seine Sprache.

Aber was, wenn der Hund in deinem eigenen Bett liegt, Nina? Was dann? Was, wenn das Fleisch, das durch dich Leben gegeben hat, auseinander fällt, was, wenn du lernen musst, mit dem Gestank des Verfalls zu leben?

Sie fuhr zwei Stunden lang umher. Es wurde hell. Wald, Straße, Felder, Schnee, schwarz, weiß und Grautöne, Stinas Welt, die durch Leons Kameralinsen gesehen, eine ganze Unendlichkeit, in der sie sich verfahren oder in der sie sich vielleicht zu Hause fühlen konnte, es war egal, er war nicht zur Arbeit gekommen. Sie war ganz sicher und hellwach, sie konzentrierte sich darauf, den Wagen auf der Straße zu halten, gefährliche Wegverhältnisse, verdammt gefährliche Wegverhältnisse.

Der graue klebrige Ton zwischen ihren Händen, die weißen Finger versanken darin, verschwanden, sie wollte nicht mehr, das hier war das letzte Mal. Sie hörte Gaute Rimfoss' psalmodierende Stimme, seine Worte aber waren bedeutungslos, eher wie Tiergeräusche; die anderen lachten, er war eine Fundgrube an peinlichen Witzen. In der Kaffeepause ging sie; die anderen Rauchenden wie dunkle Schatten mit beweglichen orangen Punkten vor der grauen Betonmauer bei den Fahrradständern.

Auf halbem Weg zur Stadt fuhr sie in eine Busnische und rief Nina an. Sie ließ es lange klingeln und wollte schon die Verbindung abbrechen, als sich doch jemand meldete.

»Ja?«

Sie klang ängstlich, es ging ihr nicht gut, sie wartete auf die anonyme Stille, aber Rebekka sagte:

»Ich bin's, Rebekka. Du warst heute Abend nicht da. Ist etwas passiert?«

»Passiert! Herrgott! Ich habe mehrere Male versucht, dich anzurufen, aber ich habe nur den Anrufbeantworter erwischt.«

»Tut mir Leid. Ich vergesse dauernd, ihn abzuhören. Du hörst dich so hektisch an.«

»Rufst du aus der Schule an?«

»Nein. Ich bring das nicht mehr. Ich gebe auf. Was ist los, Nina? Kann ich irgendwas für dich tun?«

»Ja«, sagte Nina. »Du kannst herkommen und eine Tasse Tee mit mir trinken.«

»Natürlich. Hat der Wichser wieder zugeschlagen?«

»Ich kann am Telefon nicht darüber sprechen, Rebekka.«

»Alles klar. Sag mir deine Adresse, dann bin ich in ein paar Minuten bei dir.«

Das Auto war ein Schrotthaufen. Sie sah es schon, als sie am Haus vorüberfuhr, um etwas weiter oben am Hang zu parken. Der rote Toyota war in dem grellen Licht über der Haustür sehr gut zu sehen, das Dach war plattgeschlagen worden, alle Fenster waren zerbrochen. Rebekka ahnte hinter dem vorgezogenen Vorhang im Wohnzimmerfenster eine Bewegung. Als sie den Hof betrat, sah sie, dass auch das Küchenfenster etwas abbekommen hatte; ein fußballgroßes Loch war mit einer provisorischen Fensterscheibe überklebt worden.

Sie blieb neben dem Auto stehen. Alle vier Reifen waren platt und aufgeschlitzt. Die schwarzen Sitze waren mit Glasscherben übersät, die im fast weißen Licht wie Diamanten funkelten. Das war schön und erschreckend zugleich. Sie hörte, wie die Haustür geöffnet wurde, und als sie sich umdrehte, kam Nina ihr in dem leuchtenden Rechteck wie eine dunkle Papierpuppe vor.

»Herrgott«, sagte sie. »Was ist denn bloß passiert? Seid ihr mit dem Wagen ins Schleudern geraten?«

»Komm!«, sagte Nina. »Schnell!«

Dann brach sie in Tränen aus.

Rebekka betrachtete die Diele, während sie Nina an sich drückte und ihren Rücken und ihre Haare streichelte. Eine Truhe mit Bauernmalerei stand unter einem großen Spiegel. Sie sah einen Garderobenständer, wo ein Mantel achtlos über einen Haken geworfen worden war, dazu zwei Windjacken in Grün und Lila. Auf dem Boden vor der Wand eine Reihe Schuhe und Stiefel. Die Wände waren tiefrot gestrichen, und das Zimmer wurde von einer großen Stehlampe mit grünem Glasschirm beleuchtet, sie dachte, das sei zu wenig Licht bei diesen dunklen Wänden, das Licht wurde von der grünen

Farbe verschlungen, so daß sie in einer Art elektrischer Dämmerung standen.

»Es ist so schrecklich«, schluchzte Nina. »Es ist einfach zu schrecklich!«

»Komm! Wir gehen in die Küche. Ich setze Teewasser auf.«

Rebekka sah die Zeitung sofort, sie lag aufgeschlagen auf dem Tisch; die vier Tage alte Lokalzeitung, »Mut zur Meinung«, die Leserbriefseite, S. 12. Nina zitterte, sie ließ sich auf einen Holzstuhl drücken, Rebekka flogen wieder die Jahre davon, vor ihr saß Stina, die böse geträumt hatte, die große Schwester tröstete und kochte mitten in der Nacht Kakao.

Sie ließ Wasser in einen Kessel aus rostfreiem Stahl laufen. »Und jetzt erzählst du, was passiert ist!«

»Sie sind heute Nacht um kurz nach drei gekommen. Wir schliefen alle tief und fest.« Nina starrte ausdruckslos das eingeschlagene Fenster an.

Rebekka schaltete die Herdplatte ein und drehte sich um. »Wer ist gekommen?«

»Sie waren zu fünft.«

»Wer, Nina? Wer hat dir das angetan? Und wo ist Niels Petter?«

Nina reichte ihr die Zeitung. Zeigte darauf. Er habe hier in der Stadt ein Kind großzuziehen. Er werde sich diesen Unfug nicht mehr gefallen lassen. Es sei unmöglich, dass eine kleine Gruppe einfach macht, was sie will. Sie kannte Niels Petters Leserbrief auswendig, las ihn aber trotzdem überaus gründlich.

Sie ließ die Zeitung sinken. »Ach, Nina. So was kann man doch nicht mit vollem Namen unterschreiben. Nicht hier! Nicht in einer Kleinstadt!«

»Niels Petter hat keine Ahnung, wer das geschrieben hat. Er war das nicht.«

»Was sagst du da? Aber die Zeitung muss doch überprüfen...«

»Das tun sie nicht, Rebekka. Und der Brief war ja unterschrieben.«

»Mit Niels Petters Unterschrift?«

»Ja. Ich war heute Nachmittag in der Redaktion. Ich konnte keinen Unterschied zwischen der Unterschrift unter dem Brief und seiner echten erkennen. Ein Polizeibeamter war auch dabei. Er meinte, dass jemand viele, viele Stunden geübt haben muss, um eine solche Fälschung hinzukriegen.«

»Und was machen sie? Die Polizei? Es kann doch kein großes Kriminalmysterium sein, wer heute Nacht hier zugelangt hat?«

Nina schüttelte den Kopf. »Seit Montag ist nicht ein einziges Mitglied dieses MC-Clubs hier in der Stadt gewesen. Sie sind alle in Oslo. Da findet irgendein Treffen statt. Sie haben allesamt Alibis von hier bis zum Mond. Die sind nicht so dumm, wie sie dargestellt werden. Und sie haben Sympathisanten. Leute, die auch einen Platz an der Sonne wollen. Oder sie haben irgendwen dafür bezahlt.«

»Ihr habt keinen von ihnen erkannt?«

»Sie trugen Hasskappen. Und sie haben kein Wort

gesagt. Wir sind davon geweckt worden, dass sie mit Eisenröhren und Stöcken auf das Auto einschlugen. Niels Petter... er ist manchmal so schrecklich jähzornig. Er ist hinausgestürzt... ach, Rebekka, sie haben ihn so schrecklich zugerichtet.«

»Wo ist er?«

»Im Krankenhaus. Sie wollen ihn bis morgen da behalten. Er hat eine schwere Gehirnerschütterung, und sein Unterleib...«

»Du willst mir doch nicht im Ernst erzählen, dass du allein mit dem Kleinen hier die Nacht verbringen willst? Das darfst du einfach nicht! Hört du? Was denkt die Polizei sich eigentlich dabei? Du kommst heute Nacht mit mir nach Hause. Oder ich bleibe hier.«

»Danke. Du bist so lieb. Aber das ist nicht nötig, Rebekka. Klaus und Bernt kommen so gegen neun, halb zehn. Das sind Freunde und Kollegen von Niels Petter.«

»Na gut. Dann bleibe ich so lange hier. Und du rufst mich an, egal, wie spät es ist, wenn du einfach mit jemandem reden willst. Ich lasse mein Mobiltelefon heute Nacht eingeschaltet.«

Das Teewasser kochte.

»Ich habe das Gefühl, dich immer schon gekannt zu haben«, sagte Nina.

»Wie hat Simen reagiert?«

»Er hat geschlafen, bis die Polizei gekommen ist. Gott sei Dank.«

Sie fing wieder an zu weinen.

Rebekka goss das heiße Wasser in die Teekanne.

»So etwas Krankes habe ich noch nie erlebt!«

»Sie sind lebensgefährlich«, sagte Nina. »Ich habe ihn angefleht, nicht zu ihnen hinauszugehen.«

»Ich spreche nicht von denen«, sagte Rebekka. »Sondern von diesem Typen, der vielleicht Wochen und Monate gebraucht hat, um Niels Petters Unterschrift zu lernen.«

Aus dem Nachtbuch:
Es ist Nacht, Mitternacht ist vorbei, ich finde, es ist immer Nacht, Dezember, in knapp zwei Wochen ist Weihnachten. »Das darfst du einfach nicht! Hörst du!« Nicht allein mit dem Kleinen, nein, nicht allein, sie waren so vertrauenerweckende, solide, ernste Männer, jeder hatte einen Schlafsack bei sich, damit sie nicht das Gästezimmer für sie fertigmachen müsste. Sie waren bei Niels Petter gewesen, sie sollten grüßen, er hatte Schmerzen, sein ganzer Unterleib war geschwollen. Es war entsetzlich, da waren wir uns alle einig, wir wurden zu einer eng verflochtenen Gruppe, die im Wohnzimmer saß und es entsetzlich fand, dass in einer kleinen norwegischen Hafenstadt so etwas passieren kann, wenn es in den USA oder in Lateinamerika vorgekommen wäre, dann hätten wir das immerhin begreifen können, jetzt verstanden wir gar nichts mehr, was ging nur vor sich in dem Land, das wir bis jetzt zu kennen geglaubt hatten? Der eine hatte eine Flasche dabei, ich glaube, es war Weinbrand, er gab einen guten Schuss in die Teetassen, ich hielt die

Hand über meine, ich musste doch noch fahren, sie waren freundlich und vernünftig, sie sahen es ein, sie nötigten mich nicht, wie Männer das oft tun. Zweimal ging ich auf die Toilette, ich hatte im Laufe dieses Abends sehr viel Tee getrunken, mit anderen Worten, ich saß auf demselben Sitz, den auch Niels Petter benutzt, das war ein seltsames Gefühl, es erregte mich ein wenig, ich fasste mich an, während ich mich umsah, und ich prägte mir die Gegenstände ein, die ihm gehören. Er war Hals über Kopf weggeschafft worden, nicht einmal seine Zahnbürste hatte er mitnehmen können, der Rasierer lag unter dem Spiegel, Rasierwasser, ein Morgenrock aus dunkelblauem Frottee. Er muss ungeheuer wütend gewesen sein! Da lag er nun im Bett und schlief. Wähnte sich in Sicherheit. Aber dann packen die Fremden ihn am Schopf und schleifen ihn über den ganzen Hof und treten ihm dabei ins Gesicht und in den Schritt. Sie brechen mit der Autotür seinen Arm, und Nina muss das alles mit ansehen. Das überlegte ich mir, während ich pisste und diese maskulinen Gegenstände betrachtete, die zwischen Ninas Cremes und Parfümflakons zu sehen waren, ich dachte, dass solche Dinge übrig bleiben, wenn der Tod uns eingeholt hat, sie stehen da, bis sie von anderen übernommen oder in Schachteln und Tüten gepackt und weggeworfen, auf Dachböden oder in Kellern verstaut werden. Im Wohnzimmer dann drehte sich das Gespräch weiter um das eine Thema, das war ganz natürlich, es war unmöglich, über etwas anderes zu sprechen als über diese sinnlose Gewalt, und über das Telefon, das zu den seltsamsten Zeiten schellte, wer um alles in der Welt und warum, es musste doch möglich sein, der ganzen Sache ein Ende zu setzen, aber wie? Am Ende ging ich. Ich drückte Nina an mich und reichte den Männern die Hand, und dann fuhr ich in die Stadt. Zu Hause hing die Puppe unter der Decke, ich stieß sie mit dem Zeigefinger an und redete mit Stinas Stimme auf sie ein, mit der Stimme, die Stina einmal gehabt hat, ich sagte Dinge wie, dass jetzt alles in die Brüche geht, dass jetzt das Fleisch von den Knochen fällt, und die Götter allein wissen, was noch passieren kann, wenn ein friedlicher Familienvater mitten in einer Wohnsiedlung in einer kleinen norwegischen Stadt am Meer zusammengeschlagen werden kann. Ich ließ mein Mobiltelefon eingeschaltet, als ich schlafen ging, ich legte es auf den Nachttisch, aber sie rief nicht an, und ich rief sie nicht an.

14

Es war kälter geworden. Fast zehn Grad unter Null. Sie ging über den Strand, den jetzt eine feine Schicht Pulverschnee bedeckte, das Eis reichte vom Strand aus zwanzig Meter weit. Es war schön. Rote Wintersonne durch den Frostrauch; der Leuchtturm sah aus wie ein Märchenschloss mitten im Meer.

Das Ferienhaus wirkte wie für den Winter geschlossen und verlassen. Keine Spur führte zu ihm hin oder von ihm fort; in der Nacht hatte es geschneit, und Leo war seit über einem Tag nicht mehr hier gewesen. Sie schaute durch das Fenster. Er hatte die Vorhänge vorgezogen, aber durch einen Spalt konnte sie das Chaos im Zimmer sehen, die Blindrahmen, den überfüllten Tisch, den von Büchern und Skizzen überladenen Sessel vor dem Fernseher, die Zeitungsstapel auf dem Boden.

Sie fand den Schlüssel am Nagel unter der Treppe und ging hinein.

Es roch harsch und muffig, sie leerte die Aschenbecher in eine leere Plastiktüte, die vor der Tür auf dem Boden lag, in der Küche moderten im Mülleimer die Reste eines Hähnchens, sie brachte alles nach draußen und warf es in den schwarzen Plastiksack beim Holzschuppen. Es war kalt, sie fröstelte, und als sie wieder im Haus war, machte sie im Kamin ein Feuer. Noch immer in Pullover und Windjacke räumte sie den Sessel vor dem Fernseher frei und ließ sich dann hineinsinken, die Fernbedienung lag auf dem Boden.

Südsee. Ein Hammerhai glitt über das Korallenriff, der lange Schwanz bewegte sich träge hin und her, das Sonnenlicht fiel durch das türkisfarbene Wasser. Zwei Menschen glitten ins Bild, ein Taucher und eine Taucherin, die langen blonden Haare der Frau wogten um ihren Kopf wie ein Heiligenschein. Rebekka dachte, warum tun wir das, was bringt die Menschen dazu, immer wieder die Gefahr zu suchen? Sie dachte an ein Interview mit einem bekannten Bergsteiger, er hatte den Gipfel des Mount Everest erreicht, die letzte Etappe allein, die ganze Zeit steckten rechts und links die Leichen anderer Bergsteiger in Eis und Schnee fest, er hatte die Frage so beantwortet, dass er dabei das Leben pulsieren fühlte, in den Städten sterbe er langsam, das Kneipenleben bedrohe seine Psyche, nicht das, was fast unmöglich war, was einer quälenden Auslöschung nahe kam. Die tiefgefrorenen Leichen der längst verstorbenen Abenteurer erschienen ihm als Eisskulpturen in farbenfrohen Gewändern, sie erinnerte sich noch an das Foto von einem, der mit seinem Rucksack auf dem Rücken dort saß, mit Schnee in Augenhöhlen und Bart, mit dem Schienbein, das aus dem Hosenstoff ragte, und so werde er in alle Ewigkeit dort sitzen, als Denkmal der eigenen Tollkühnheit.

Draußen wurde es dunkel. Das Haus war gut isoliert, es wurde schnell warm, sie riss sich die Jacke vom Leib.

In der Küche fand sie Brot und Aufschnitt; sie kochte sich eine Kanne Tee, als sie zurückkam, hatte der Hammerhai über dem Korallenriff sich in Formel 1 in Monaco verwandelt, das interessierte sie nun wirklich nicht, aber trotzdem sah sie sich die brüllenden Maschinen an, die durch eine Stadt jagten, die überhaupt nicht für Autos erbaut war, und dann fiel ihr Blick auf einen Pappkarton mit Videos.

Der Karton war voll. Es waren sicher mehrere hundert Kassetten. Keine war mit Titeln beschriftet, alle aber waren nummeriert, sie zog 16, 74, 36 und 102 hervor.

Sie legte 36 ein. Sport. Brustschwimmen der Damen. Der Kommentator sprach Englisch, es war eine Aufnahme von Eurosport, starke Rückenflächen durchbrachen den Wasserspiegel, senkten sich wieder, Bademützen und Schwimmbrillen, dann fiel ihr plötzlich auf, dass keine der Frauen mehr als nur ein Bein hatte. Die Paralympics vielleicht, sie war immer schon von der Willensstärke fasziniert gewesen, die diese Sporttreibenden ausstrahlten, von dem nahezu unglaublichen Anblick eines Abfahrtsläufers mit nur einem Ski, oder, wie hier, einer Brustschwimmerin, die nur die Arme zu Hilfe nehmen konnte und die Reste ihres Beines oder ihrer Beine hinter sich im Kielwasser schleppte. Sie sah die Stümpfe im türkisfarbenen Wasser und musste an den Hammerhai denken, das Scherenmaul, den blinden gefühllosen Instinkt. Brustschwimmen, Kraulen, Rücken und Delphin. Schwimmen ohne Beine, Schwimmen mit einem Arm, Behinderte im Chlorwasser, Rollstühle am Beckenrand, Medaillen, Interviews.

16. Krieg. Afghanistan, vermutlich Afghanistan, klappernde Hubschrauber mit rotem Stern, Granateinschläge am Berghang, Feldlazarette, Großaufnahme eines Armes, der einem Jungen abgenommen wird, Schweißtropfen auf der Stirn; der schwarze Blick direkt in die Kamera, der Kommentator, der vom Mangel an schmerzstillenden Mitteln erzählt. Weiter, weiter, Afrika, Antipersonenminen, Frauen und Soldaten, Krankenbetten in Reih und Glied, Fliegen über Bein- und Armstümpfen, Menschen, die hinken und hüpfen, einem Mädchen fehlt der ganze Unterleib, sie zieht sich auf einem Brett mit Rädern weiter, sie lächelt in die Kamera, weiter, weiter, neue Kriege, neue Feldlazarette; die Berichte stammten von unterschiedlichen Nachrichtensendern, aber niemals folgte der Wetterbericht, niemals folgte ein politischer Kommentar, es gab keine Konferenzen oder Verhandlungen, es gab nur Bilder von zersprengtem Fleisch, zersprengtem Leben.

102. Prothesenmacher, sie holte die Cognacflasche aus dem Eckschrank, einer Frau wurde ein künstlicher Fuß angepasst, ach, Niels Petter, Niels Petter, es war nicht dein Arm, den sie in der Autotür gebrochen haben, sie haben die Hand zerschlagen, die rechte Hand, zwei steife Finger, vielleicht drei, du gingst wie ein Kind, das sich die Hose vollgekackt hat, während wir dich vorsichtig zum Wagen brachten, zu meinem Wagen, wir schoben die Sitze vor, damit du die Beine nicht zu sehr

krümmen müsstest, aber du nahmst es wie ein Mann, und während Nina unterwegs kurz am Kiosk einkaufte, legtest du mir deine verletzte Hand auf die Schulter und danktest mir dafür, dass ich für Nina da gewesen war, und zum Teufel mit allen Verrückten, du hast nicht vor, dein Leben von anderen lenken zu lassen, so bist du nicht, so warst du noch nie, es ist nicht deine Art, den Nacken zu beugen, aber weh tut es doch, verdammt weh, und wenn du es nicht besser wüsstest, dann müsstest du denken, dass sie dir die Eier in den Magen getreten haben. Humor, trotz allem, du warst stark, du lächeltest mit deinem zahnlosen Oberkiefer, und seht doch nur, wie gut ich den neuen Plastikfuß im Griff habe! Danach aßen wir Steak, blutiges Steak, dein Lieblingsessen, und du erzähltest so lustige Krankenhausanekdoten, dass wir einfach losprusten mussten, mitten im ganzen Elend. Ninas Blick über dem Tisch, dem dampfenden Essen, Ninas Blick in meinem die ganze Zeit, das ist mein Mann, mein starker witziger Mann, der für Simen und mich in den Krieg gezogen ist, ich hatte ihn gebeten, im Haus zu bleiben, aber glaubst du, er? Nein, er doch nicht, er sprengte sich den Weg frei und ging sofort auf diese fünf Typen los, ohne zu zögern, vielleicht sogar ohne zu denken, denn so ist er, genauso, und sie scherzte über deine Eiergeschichte, denn die wird sie mit Zeit und Liebe als Helferinnen schon klären können. Ich dachte, nein, ich weiß nicht, vielleicht dachte ich, wenn ich in etwas anderes schnitte als in dein Fleisch, wenn ich dich mental reduzierte, dann könnte das vielleicht etwas bringen, jedenfalls war mir da und dort klar, dass weitere Prügel keinen Zweck hätten. Aber was heißt schon Zweck... Ich merkte, dass ich dazugehörte, dass ich mich in dem tiefgrünen Esszimmer wohl fühlte, ich war ebenso wütend wie ihr über das, was passiert war, das war vielleicht seltsam, aber doch möglich, und ich hätte es früher niemals glauben können. Ich sagte, ihr müsst eine Direktverbindung zur Polizei einrichten lassen. Nina ist doch fast den ganzen Tag allein hier, sie können zurückkommen. Ich will die Sache ja nicht schlimmer machen, als sie ist, aber sie können zurückkommen, diese Typen vergessen nicht so rasch. Ich war aufrichtig verzweifelt über die Lage dieser kleinen Familie, das schwöre ich, ich konnte es nicht ertragen, aber trotzdem rief ich um zwei Uhr nachts aus der Telefonzelle am Marktplatz an, drei Stunden, nachdem ich nach Hause gefahren war, sie hatten den Stecker herausgezogen, aber mir war das egal, inzwischen hatte ich mir die Nummer von Niels Petters Mobiltelefon eingeprägt, und als sich sein Anrufbeantworter meldete, klopfte ich dreimal mit dem Fingernagel auf den Kunststoffhörer; mein neues Signal, endlich ein Geräusch, keine Stimme, sondern ein Geräusch, dann ging ich nach Hause, es war jetzt kälter, um mich herum gefror alles.

Sie trank. Der Wagen war ihr doch egal, sollte er da stehen, wo er stand, stand er da vielleicht nicht gut, sie wurde nirgendwo erwartet. Sie wühlte herum, während die Bilder über den Schirm flirrten, ein Kind wurde zwischen den zitternden Schenkeln seiner Mutter hervorgezogen, ein Kind ohne Arme und Beine, Kontergan, weiter, neue Kriege, neue Sportveranstaltungen; sie fand die Liste in einer Schublade in Leos Schlafzimmer, die Liste enthielt 316 Objekte, Videos, Artikel, Bücher, Comics und ausgeschnittene Fotos, er sammelte abgetrennte Glieder, ihr wurde schwindlig, sie war nicht an Schnaps gewöhnt, sie ließ sich auf Leos Bett fallen, streifte die Stiefel ab und blieb liegen, ihr Gesicht in seinen Geruch gebohrt.

Ehe sie einschlief, ehe sie sich in den Wirbelstrom ziehen ließ, den der Cognac in ihr aufgewühlt hatte, dachte sie an Johan Iversen, der unter den Stachelbeersträuchern gestorben war, zum ersten Mal hatte sie einen Menschen sterben sehen. Er hatte am Gartenzaun gestanden und sich mit dem Großvater unterhalten, sie unterhielten sich immer über den Gartenzaun hinweg, sie war dreizehn Jahre und hielt diesen Tag für einen ganz normalen Werktag im Juli, das hatte sie gedacht, als Iversen mitten in einem Satz umfiel und sich unter den Stachelbeersträuchern in krampfhaften Zuckungen wand, er wühlte Erde hoch und zerkratzte sich die Haut, und immer wieder sagte er, hast du schon mal solchen Unfug gesehen, hast du schon mal solchen Unfug gesehen, und dann war er tot, noch ehe der Großvater über den Zaun gestiegen war.

Sie erwachte. Es war noch dunkel, die selbstleuchtenden Zeiger eines Weckers, der auf dem Boden stand, zeigte zwanzig nach sechs. Sie lag in einem fremden Bett, ihr

Unterbewusstsein stand für sie Wache, so war es immer schon gewesen; ein Geräusch hatte sie geweckt. Stille. Dann Schritte über den Wohnzimmerboden, sie sah durch den Türspalt das blaue Licht des Fernsehers, dann wurde der Apparat ausgeschaltet. Er schob vorsichtig die Tür auf, sie ahnte ihn eher, als dass sie ihn sah.

Er fragte: »Schläfst du?«

»Ja«, sagte sie. »Das ist sicher ein Traum.«

Er setzte sich auf die Bettkante. Sie streckte die Hand nach ihm aus, sie spürte, wie der feine Schnee auf dem dicken Mantelstoff schmolz.

»Ich bin total kaputt«, sagte er. »So restlos und verdammt kaputt.«

Sie streichelte seinen Rücken. »Ich dachte, du wolltest übers Wochenende wegbleiben.«

Er ließ sich zurücksinken, schräg über ihre Hüften, und lehnte seinen Oberkörper gegen die Wand. Er suchte in seinen Taschen nach Zigaretten und Feuer, steckte zwei Zigaretten an und reichte ihr die eine. »Was machst du denn eigentlich?«, fragte er.

Sie gab keine Antwort.

Sie rauchten und schnippten die Asche auf den Boden.

»Die Sache ist schief gelaufen«, sagte er. »Total in den Teich gegangen. Sie hatten sich nämlich eine ganz andere Ausstellung vorgestellt.«

»Obwohl sie sie gesehen hatten?«

»Vermutlich weil sie sie gesehen hatten. Du musst den ganzen Winter hier unten wohnen, um zu begreifen, wie sie denken. Ich war durchaus nicht überrascht.«

»Und auch nicht enttäuscht?«

»Nein, gar nicht. Enttäuschungen gehören in die Jugend.« Er lachte. »Herrgott, Rebekka, ich kann doch nicht enttäuscht sein, bloß weil es in Langesund keine Ausstellung gibt! Wenn ich so empfindlich wäre, dann hätte ich mich schon vor einem halben Leben aufgehängt. Hast du die ganze Flasche ausgetrunken?«

»Ich weiß nicht. Aber ich kann es mir nicht vorstellen.«

Er nahm ihre Kippe mit und ging ins Wohnzimmer. »Möchtest du?«

»Nein, erst wieder in vielen Jahren. Ich bin nicht an Schnaps gewöhnt. In meinem Kopf hat sich alles gedreht.«

Er kam mit der Flasche und einem Aschenbecher zurück. Er zog seinen Mantel aus und setzte sich wieder.

»Tut mir Leid«, sagte sie. »Das war nur so ein Einfall. Ich bin hergekommen, um Luft zu schnappen, in meinem Haus konnte ich plötzlich nicht mehr atmen, und dann bin ich hier gelandet.«

Er trank aus der Flasche. »Das macht ja wohl nichts.«

»Doch, tut es wohl. Ich wäre sauer, wenn es umgekehrt gewesen wäre.«

»Reg dich ab«, sagte er. »Es ist ja nicht umgekehrt.«

»Ich gehe jetzt«, sagte sie und setzte sich auf.

»Nein«, sagte er. »Du wirst erst in vielen Stunden wieder nüchtern sein. Du kannst frühestens heute Nachmittag wieder fahren.«

»Da hast du Recht«, sagte sie. »Ich muss schlafen. Du

musst auch schlafen.« Sie zog sich den Pullover aus und streifte ihre Hose ab. »Komm.«

Er stellte die Flasche auf den Boden und zog sich aus. Sie schmiegte sich an ihn, er roch wie sein Bettzeug, nach Tabak und Schweiß, sie kostete ihn mit der Zunge, Salz, doch als sie die Hand unter seinen Bauch hinstreckte, lag er tot unter ihr.

»Das bringt nichts, Rebekka.«

»Auch nicht mit den Videos?«

Er drehte sie um und legte den Arm um sie. »Du hast keine Ahnung.«

Sie lag ganz still und horchte auf seinen Atem. Sie hatte keine Ahnung.

»Am Samstag musst du mir einen Gefallen tun«, flüsterte sie. »Machst du das?«

Er gab keine Antwort. Er schlief.

»Ja«, sagte sie. »Natürlich mach ich das.«

15

Irgendwann war ihr das Gefühl gekommen, dass sie beobachtet wurde. Dass jemand hinter ihr im Zimmer stand. Oder am Kamin saß und auf sie wartete, wenn sie nach Hause kam. Das störte sie nicht weiter, es war ihr auch früher schon so gegangen. Eines Abends hatte sie Siri Ljoens scharfen Blick vor sich gesehen, so, wie sie ihn aus einem Sommer in ihrer Jugend in Erinnerung hatte. Die fast schwarzen Augen der Freundin ihrer Großmutter. Sie hatten sie mit einer gewissen Verachtung gemustert. Sicher hatte es an Rebekkas Kleidung, ihrer Frisur oder ihrer Schminke gelegen. Ihr war das egal gewesen. Sie hatte gedacht: die ist fast tot. Und jetzt, nach so vielen Jahren, war ihr ein blaues Kleid eingefallen, das die Großmutter von der Freundin geerbt hatte, ein dunkelblaues Kleid mit einem Spitzenkragen. Als sie es aus dem Schrank auf dem Dachboden hervorkramte, fand sie noch zwei Kleider und eine Bluse. Bei allen war Siri Ljoens Namen in den Kragen eingenäht. Sie hatte die Kleidungsstücke ausgelüftet. Und die Bluse gebügelt.

Und während Rebekka jetzt jeden Abend vor Telefonbuch und Adressenliste saß, trat Siri Ljoens Bild ihr immer klarer vor Augen. Sie sah die alte Frau vor sich, die ihr wehes Bein hinter sich herschleppte, von der Küche ins Wohnzimmer, vom Wohnzimmer die Treppe in den ersten Stock und zum Schlafzimmer hoch. Sie lebte sich dermaßen in die andere ein, dass sie ab und zu in ihrem eigenen Bein einen schmerzhaften Stich verspürte, sie erhob sich vom Schreibtisch und probierte die Treppe aus, sie ließ sich von einem Zimmer ins andere treiben, noch immer mit den Gummihandschuhen an den Händen, sie diskutierte das ethische Dilemma mit sich selbst, oft laut, sie nahm Heftestapel auf überhaupt nicht vorhandenen Tischen und Stühlen wahr. Fast vierzig Jahre im Schuldienst, dachte sei. Dabei entwickelt man doch ein gewisses Gefühl für Wohl und Wehe eines Kindes, oder man stumpft ab. Ab-stumpfen. Wieder Leo, immer häufiger, sein seltsamer Hang zu allem, was nicht länger existiert, zu allem, das abgeschnitten ist, entfernt. Und sie dachte, dass Siri Ljoen sich entscheiden müsse. Dass die schmerzhafte Unruhe, die sie quälte, sie erst verlassen würde, wenn dem Unrecht ein Ende gesetzt wäre oder wenn sie beschlossen hätte, mit dem Unrecht zu leben, so, wie es war. Sie selbst hatte ihre Entscheidung vor langer Zeit getroffen, es war jetzt über fünf Jahre her, aber der konstruierte Zweifel, in dem sie sich jetzt suhlte, tat ihr gut; es war durchaus ein wenig erregend, zu denken, das tue ich nicht. Natürlich würde sie es tun, aber Rebekka ließ sie gern denken: das tue ich nicht, nie im Leben!

Sie hatte die fünf wichtigsten Straßen Nybyens aufgeschrieben. Abgesehen vom Stjernesti, der sich vom Fjord bis zum Aussichtspunkt hinzog, enthielt diese Liste den

Fiolvei, Skaret, den Fossvei und Konsul Gades vei. Sie ließ ihren gummierten Zeigefinger ruhig über die Kolonnen aus Namen, Adressen und Telefonnummern gleiten und registrierte sorgfältig jede zufällige Begegnung mit den Bewohnern dieser Straßen. Nach drei Tagen hatte sie mehr als achtzig Namen und Adressen. Inzwischen war sie fast ganz zu Siri Ljoen geworden, sie kaufte sich Lungenhaschee, was sie entsetzlich fand, aber sie kaufte sich Lungenhaschee und zwang sich zum Essen, und dabei tat ihr Bein entsetzlich weh.

Sie telefonierte jeden Tag mit Nina. Manchmal meldete Niels Petter sich, wenn sie anrief. Und dann stand sie da und tauschte mit Niels Petter Holand alltägliche Bemerkungen aus. Es ging ihm immer besser, aber die Hand würde wohl nie mehr so wie früher. Sie erzählte von einer Entschädigung für Gewaltopfer, aber auf diesem Ohr war er taub; er war stolz, und sie freute sich darüber, dass er mitten in dem Entsetzlichen, was ihm und seiner Familie da widerfahren war, so stark und stolz war.

Samstag, der Samstag, es war kurz vor Weihnachten. Sie fuhr mit dem Taxi hin, sie wollte Wein trinken, wie die anderen, sie hatte für alle drei Geschenke gekauft. Einen breiten Schal für Nina, einen schmalen Ledergürtel für Niels Petter – sie stellte sich vor, wie er irgendwo daran erhängt war –, und ein Schmusetier für Simen. Sie hatte den kleinen Knaben liebgewonnen, er lächelte, wenn er sie sah, er zeigte auf sie und nannte sie »Ekka«.

Der grüne Miet-Volvo stand in der Garageneinfahrt, der Toyota war schon längst abgeschleppt worden. Niels Petter hatte es so gewollt. Langzeitmiete, während er nach einem guten Angebot auf dem Gebrauchtwagenmarkt Ausschau hielt, er mochte nichts übereilen, in keiner Hinsicht, sie bezahlte das Taxi und dachte, bei Stina habe er immerhin fast vier Stunden durchgehalten.

Über Nacht waren zwanzig Zentimeter Schnee gefallen. Das Haus lag idyllisch unter den Tannen, mit weichem weißen Hut; aus dem Schornstein quoll Rauch, und das Licht der Flammen im Kamin und der Kerzen fiel sanft durch die Fensterscheiben. Niels Petter hatte neben die Tür eine Vogelfuttergarbe gehängt, die Tür zierte ein Kranz aus Tannenzapfen und witzigen Weihnachtsmännlein. Sie hatten das Taxi schon gehört, hatten sie durch das Fenster gesehen, jetzt machte Niels Petter die Tür auf, hereinspaziert, hier, gib mir deinen Mantel, Nina schaut gerade dem Puter auf die Finger, was ist das denn? Geschenke, jetzt mach aber mal einen Punkt! Es duftete nach Räucherkerzen und gebratenem Truthahn.

»Danke, das ist schrecklich nett von euch!«

Er hängte ihren Mantel auf. »Wenn du nicht so stur wärst, dann würdest du auch zu Heiligabend vorbeischauen. Dann sind wir doch allein.«

Nina rief aus der Küche: »Kannst du dir das nicht noch einmal anders überlegen, Rebekka? Was hat es denn für einen Sinn, dass du allein in dem großen Haus sitzt! Komm jetzt her und trink einen Grog!«

Weihnachtskerzen vor den beschlagenen Fenstern. Sie setzte sich an den Küchentisch und Niels Petter schenkte Grog ein. »Sei vorsichtig, ich habe am Sechzigprozentigen nicht gespart!«

»Nein, tausend Dank, aber ich finde, den Heiligen Abend sollt ihr unter euch verbringen. Das ist ein Familienfest.« Sie nippte an dem heißen Grog.

»Was für ein altmodischer Unsinn«, lachte Niels Petter. »Du kommst zu uns, und damit basta.«

»Aber, aber«, sagte Nina. »Es wäre doch möglich...«

»Nein, keine Angst«, sagte Rebekka. »Ich bin doch gegangen. Ich werde nicht sentimental.«

»Ja, ja«, sagte Niels Petter. »Du hast ja noch ein paar Tage Zeit. Komm her, wenn du Lust hast. Wo Arne und Magnhild nur bleiben?«

Nina setzte sich ebenfalls an den Tisch. »Du kennst sie doch. Wenn du sie für acht Uhr einlädst, dann machen sie sich um acht Uhr auf den Weg. Ich habe sie nie anders erlebt. Das macht ja nichts. Der Vogel braucht noch eine halbe Stunde. Mindestens.«

»Es riecht wunderbar«, sagte Rebekka.

»Niels Petter ist hier der Koch im Haus«, sagte Nina. »Er ist für Füllung und Zubehör zuständig. Ich darf höchstens die Temperatur kontrollieren.«

Was sie vor allem freute, als sie das Festmahl verzehrten und dem Wein zusprachen, war, wie wenig es sie kostete, in dieses Sinnlose hineinzugleiten. Am Alltagsgeplauder mit einer Selbstverständlichkeit teilzunehmen, die in keiner Hinsicht verdächtig wirken konnte, da sie eben ganz natürlich war. Arne und Magnhild Malmstrøm waren solide Mittelklassemenschen wie sie, sie pfiff darauf, was sie machten, stellte aber automatisch Fragen nach den Zuständen auf Bohrinseln in der Nordsee und dem Innenleben der Gemeindeverwaltung. Mehr und mehr kam sie sich vor wie Siri Ljoen, mit vierzig Jahren Schuldienst im Rücken, sie kam sich älter vor als alle anderen am Tisch, es schien nicht nur Nina zu sein, zu der sie einen altersmäßigen Vorsprung hatte. Ihr fiel auf, dass Arnes und Magnhilds Blicke immer wieder an Niels Petters geschundener Hand hafteten, aber dieses Thema wurde nicht zur Sprache gebracht, es lag den ganzen Abend wie eine Eiterbeule da, eine Beule, auf die niemand zu drücken wagte, sie dachte, dass das nur gut sei, jetzt bringt um Gottes willen noch mehr Drecksgerede. Bald ist Weihnachten, bald wird uns ein Erlöser geboren, alles klar also.

Um Punkt Viertel nach zehn schellte das Telefon in der Diele. Niels Petter und Nina tauschten einen Blick, das sah nur Rebekka, nur sie hatte nach diesem Blick Ausschau gehalten, Niels Petter stellte sein Weinglas hin und lief zum Apparat. Gleich darauf war er wieder da, mit roten Flecken im Gesicht und hektischen Bewegungen. Nina fragte ihn wortlos, ob er den Stecker herausgezogen habe, er ignorierte sie und öffnete eine weitere Weinflasche.

Aus dem Nachtbuch:
Jetzt habe ich ihm den kleinen Finger gereicht, den ich

nicht habe. Jetzt kann er mit mir machen, was er will. Und dabei empfinde ich eine tiefe Erleichterung. Denn er hat angerufen und kein Wort gesagt, so, wie ich ihn gebeten hatte. Ich saß im Wohnzimmer und aß Puter und trank Wein, als Das Böse sich meldete. Ich gehöre jetzt zu ihnen. Zum engsten Kreis. Ninas ältere Freundin. Tante »Ekka«. Ich bin diejenige, die sich um Niels Petters zerstörte Hand Sorgen macht. Immer wieder sage ich: Das dürft ihr euch nicht gefallen lassen! Das dürft ihr euch nicht gefallen lassen!

16

Sie zog den leuchtend weißen Kittel an. Streifte die Stiefel ab und stieg in die viel zu großen Gummistiefel. Leo schaute aus den Augenwinkeln zu ihr herüber und legte einen Film in die Kamera ein.

»Du bist schön«, sagte er. »Aber darauf bist du im Laufe der Jahre sicher schon aufmerksam gemacht worden?«

Sie gab keine Antwort. Sie folgte seinem weißen Rücken ins Kühllager.

Dort war es kälter, als sie erwartet hatte. Sie war froh, dass er sie dazu überredet hatte, unter dem Kittel den Pullover anzubehalten. Die Schweinekadaver hingen in Reih und Glied da. Auf dem grauen Betonboden konnte sie hier und dort braune Blutstropfen sehen, sie dachte Semikolon, Komma. Punkt. Stop. Schluss.

Sie gingen durch die ganze Halle zu einer grünen Stahltür auf der anderen Seite.

»Denk daran«, sagte er und legte die Hand auf die Klinke, »wenn da draußen die Schweinerippen auf dem Tisch stehen. Denn du fährst doch hin? Du lässt sie doch nicht mit sich selbst im Stich?«

Damit hatte sie gerechnet. Dass er die Nummer überprüft hatte.

»Ich habe mich überreden lassen«, sagte sie. »Ich

weiß nicht, warum, aber ich habe mich überreden lassen.«

»Das ist gut. Wir brauchen nicht für alles, was wir tun, einen Grund. Und wenn es einen gibt, dann kann der durchaus schlicht und einfach sein. Die wenigsten von uns wollen am Heiligen Abend allein da sitzen. Ich persönlich finde es ganz toll, aber so bin ich eben.« Er öffnete die Tür zur Schlachthalle.

Daran denken? An den Blutgeruch, der ihr entgegenschlug?

Es war eine große Halle. Die Wintersonne schien durch die Fensterreihe oben unter der Decke. Totes Fleisch, das sich langsam durch den Raum bewegte, Schweine und Rinder, die an den Hinterbeinen hingen, rot, gelb, bläulich, das Geräusch der scharfen Messer und des elektrischen Motors, der alles in Bewegung hielt. Leo grüßte nach allen Seiten, die Arbeiter grüßten grinsend zurück: da war der verrückte Künstler wieder, jetzt mit einer Schülerin oder Geliebten, vielleicht auch beides, ja, sicher beides. Der Boden war klebrig vom Blut. Ein Junge war mit einem Schrubber am Werk und schob halb geronnenes Blut und Reste in einen Abfluss. Es roch widerlich süß, aber Gott hatte ihr einen starken Magen gegeben. Leo fotografierte einen Mann, der mit einer langen gleitenden Bewegung einen Schweinebauch öffnete, er machte eine Serie von Bildern, der Kadaver dampfte. Sie musste an etwas denken, was sie über die russische Revolution gelesen hatte. Einzelne Soldaten hatten sich damit amüsiert, einen feinen Schnitt in den Bauch ihres Opfers zu setzen.

Dann zogen sie einen Teil des Gedärms heraus und nagelten es an einen Baum, ehe sie ihr Opfer mit dem Bajonett um den Baum herum jagten. Ein Mensch hat sechs Meter Darm. Sie dachte, dass sechs Meter bisweilen ein sehr langer Weg sein können, der längste überhaupt.

Leo sagte, halb an sich gerichtet, noch immer mit dem Blick durch die Kameralinse: »Niels Petter Holand. Glaubst du, er weiß sein Glück zu schätzen? Dass er dich hat?«

Sie gab keine Antwort, und er fügte hinzu: »Du darfst mir nie erzählen, was er dir angetan hat. Für mich soll er unschuldig sein. Für mich ist er ein Stück weiße Leinwand. Oder ist sie es, die du dekonstruieren willst? Nina Granum? Oder beide?«

Kümmer dich nicht darum. Niemand hat mich. Aber vielleicht gibt es jemanden, der uns hat. Nein, das stimmt nicht. Du hast mich. Ich wusste nicht, dass ich das wollte. Ich war in meinem ganzen Leben noch nicht so überrascht. Sie sagte: »Nachdem du diesen Anruf gemacht hast, kannst du mich auf dem Markt verkaufen, wenn du willst.«

Er ließ die Kamera sinken. »Ich gehe doch davon aus, dass du begreifst, dass ich das nicht will? Komme ich dir so langweilig vor?«

Er lächelte. »Komm!«

Das Pferd trat in der engen Box von einem Bein aufs andere. Die großen blanken Augen musterten sie, dann irrte der Blick zur Decke, zur Wand, zum Betonboden.

»Er riecht Blut«, sagte Leo und streichelte behutsam die Flanke des Tieres.

»Glaubst du, er weiß, dass er sterben muss?«

»Er hat kein Ich, Rebekka. Er steht nur hier und ist das Pferd an sich. Das Tier steht immer mitten im Leben, so elend dieses Leben vielleicht sein mag. Er ist nervös. Er riecht das Blut. Das ist aber auch alles.«

Sie ließ einen Finger über das weiche Maul gleiten. »Das ist ein prachtvolles Tier.«

Er nickte. »Aber was hilft das, wenn deine Rundenzeiten schlecht sind? Er sieht doch auch gut aus, dein Holand? Bei ihm ist noch viel Hengst vorhanden. Oder haben sie ihm die Eier bis ins Kleinhirn getreten?«

»Was du alles weißt!«

»Himmel, ich wohne doch hier unten. Und ich lese sogar ab und zu die Zeitung. Hab ich dich nicht auf die Idee gebracht, unter Pseudonym witzige Leserbriefe zu schreiben?«

»Nein«, sagte sie. »Das hast du nicht.«

»Umso besser.« Er schmunzelte. »Was seine Hand angeht...«

Er griff nach ihrer Hand und steckte ihren Fingerstumpf in den Mund.

Sie ließ ihn gewähren. Sie ließ ihn den Säugling spielen, bis das Pferd geholt wurde. Das Tier ließ sich brav in die Schlachtkammer führen, wo fast sofort der Schuss fiel. Danach gingen sie auf den Hinterhof. Leo zündete zwei Zigaretten an und gab ihr eine.

»Die Tiere sind Ablagerungen des Wesens, das wir alle

waren, ehe wir als Menschen in die Welt treten konnten. Das habe ich irgendwo gelesen, vielleicht habe ich es auch geträumt. Dass jede Tierart sozusagen Eigenschaften geopfert hat, die dann Körper und Geist der Menschen zugute gekommen sind.« Er nickte zur Schlachthalle hinüber. »Weißt du, was wir dem Pferd verdanken?«

»Ich glaube, ich könnte nur raten.«

»Den Intellekt.« Er zog hart an seiner Zigarette. »So etwas Wahnwitziges kann ich doch nicht geträumt haben.«

»Gehen wir wieder rein«, sagte sie. »Dann können wir sehen, was wir dem Pferd zurückgeben.«

Leo fotografierte sich quer durch die Räume. Dem Pferd war bereits das Fell abgezogen worden.

Auf der Rückfahrt in die Stadt sagte Leo: »Ich muss für zwei Tage nach Oslo. Soll ich irgendwas mitbringen? Am 23. bin ich wieder da.«

Sie schüttelte den Kopf. »Nein. Ich habe alles, was ich brauche.«

»Er hat eine Schwester«, sagte er. »Weißt du das?«

»Wer hat eine Schwester?«

»Niels Petter Holand. Er hat eine Schwester, die bei einer Versicherung arbeitet.«

»Das weiß ich. Ich glaube aber, sie reden nicht oft miteinander.«

»Warum nicht?«

Rebekka zuckte die Achseln. »Das interessiert mich nun wirklich nicht.«

»Bald ist Weihnachten. Die Zeit der Versöhnung. Er hat doch immerhin einen kleinen Sohn, dessen Tante sie ist. Solche Dinge ändern die Menschen! Ich habe Lust auf ein Glas Wein. Komm, wir schauen mal beim Fønix vorbei. Wir können uns ja einbilden, dass wir etwas zu feiern haben. Etwas. Irgendwas, scheißegal, was.«

Im Fønix war viel los. Alle Tische waren besetzt, aber sie konnten sich am Tresen niederlassen. Sie baten um Wein und erhielten ihn, der Barmann sagte: »Herrgott, was stellst du für einen ekelhaften Kram aus, Leo! Jetzt finde ich wirklich, dass du dich selbst übertriffst. Ich habe seit Donnerstag nur noch Möhren und rohe Kartoffeln runterbringen können!« Er zwinkerte Rebekka zu. »Ja, da hast du dir einen tollen Kavalier angelacht!«

Leo lachte. »Warst du gern ein Kind, Rolf?«

»Du meine Güte, was ist das denn für eine Frage? Ich hoffe wirklich, du willst uns hier nicht tiefsinnig werden! Solchen Quatsch bekomme ich normalerweise erst nach elf aufgetischt. Lass die Kindheit in Ruhe, mein Lieber. Und benimm dich wie ein Erwachsener. Ich sage es dir nicht zum ersten Mal: ich sitze dir gern, wenn dich das auf andere Gedanken bringen kann. Lasst euch den Wein schmecken!«

Er entfernte sich.

Rebekka hob vorsichtig das Glas an den Mund und trank. Es war ein guter Rotwein. »Das habe ich mir eigentlich noch nie überlegt. Ob ich gern ein Kind war. Ich habe alles so genommen, wie es gekommen ist. Damals wie heute.«

Er schüttelte den Kopf. »Es war ein chronisches Gefühl der Ohnmacht. Geleitet zu werden. Ich musste einfach die Zähne zusammenbeißen und die Kindheit hinter mich bringen. Die Jahre waren wie Ewigkeiten. Zwischen fünfzehn und achtzehn habe ich eine Art Countdown geführt. Ich bin an meinem achtzehnten Geburtstag von Zuhause ausgezogen. Wie oft ich vorher schon durchgebrannt war, weiß ich nicht. Und das nicht, weil meine Eltern so schrecklich gewesen wären. Im Gegenteil, stelle ich mir vor. Ich war ein Einzelkind und vermutlich ziemlich verwöhnt. Vielleicht war das der Grund.«

»Und was hat das mit deinen Bildern zu tun?«

»Nichts, nehme ich an. Ich sage nur, was mir gerade einfällt. Ich glaube, dass Rolf ein harmonisches Kind war. Und etwas an seiner Sicherheit provoziert mich.«

Sie dachte: Ich war ein ruhiges Kind. Ich hatte es gut. Die Unsicherheit kam erst später. Ich musste ein ruhiges Kind sein, ich hatte ja eine Hysterikerin zur Schwester. Das war kein Opfer. Das hat sich ganz von selbst ergeben.

»Mein Vater hatte eine sympathische Art, mich zu bestrafen«, sagte Leo jetzt. »Das werde ich nie vergessen. Er schloss mich in den stockfinsteren Kohlenkeller ein. Aber er kam immer mit, ich wurde nie allein eingeschlossen. Reden war streng verboten. Wir saßen jeder auf seiner Treppenstufe und schauten in die Dunkelheit, bis die Strafe abgesessen war. Es konnte Stunden dauern. Ich sah da unten in der Dunkelheit Bilder vor mir. Ich glaube, so hat alles angefangen.«

»Du hast geplant, einen Hund mit einem Bajonett zu erstechen«, sagte sie.

»Ja«, sagte er. »Das habe ich. Zusammen mit vielem anderen. Später habe ich bewusst gegen die Regeln verstoßen, um mit meinem Vater da unten sitzen zu können. Ich glaube, das wusste er. Ich glaube, er brauchte diese Stunden selbst auch. Ich bin keinem anderen Menschen je so nahe gewesen. Aber es hatte nichts mit Geborgenheit zu tun. Mit gefiel es, weil es so durch und durch disharmonisch war. Der Keller wurde zu einer Art Atemraum, einem Ort, wo ich meine Instrumente stimmen konnte. Mein Vater war ein kluger Mann. Daran habe ich nie gezweifelt.«

Während er das sagte, schaute er aus dem Fenster. Es regnete, sie dachte, jetzt verschwindet der Schnee, wir bekommen schwarze Weihnachten. Sie sah im Lichtkegel der Straßenlaterne auf der anderen Straßenseite Nina.

»Du musst jetzt gehen«, sagte sie. »Nina... ich glaube, sie kommt her. Ich will nicht...«

»Pst!«

Er trank sein Glas aus und stellte es hinter den Tresen. Dann war er verschwunden.

Sie blieb sitzen und wartete, aber Nina kam nicht. Vermutlich saß sie bei ihrem Kind zu Hause.

Nach sechs Glas Wein ging sie hinaus und setzte sich ins Auto. Der Fuß, den sie sich jetzt immer häufiger bei Siri Ljoen auslieh, tat weh.

17

Siri Ljoen hatte keine Wahl. Im Grunde hatte sie keine Wahl. Rebekka sah sie im Haus am Meer sitzen, mit dem Wissen, dass im Kühlschrank der Gemeinschaft ein verfaultes Stück Fleisch lag. So etwas durfte man nicht verschweigen. Das hatte nichts mit Klatsch zu tun. Es war ihre Pflicht als Bürgerin, sich zu Wort zu melden.

Ich wusste nicht, was ich tun sollte. Ich bat Gott um einen Rat. Egal, wofür ich mich auch entschied, es würde das Falsche sein. Ich musste zwischen Lösungen wählen, die allesamt ein Fehlschlag waren. Trotzdem gab es im Chaos eine Moral. Kinder müssen vor dem Irrsinn der Erwachsenen beschützt werden. So ist das einfach.

Ich heiße Siri Ljoen. Ich habe fast vierzig Jahre im norwegischen Schuldienst gearbeitet. Ich habe Knollen in den Boden gesteckt und Keime wachsen und zur vollen Blüte gelangen sehen. Oder um mich nüchterner auszudrücken: ich habe Kinder ins Erwachsenenleben begleitet. Das war meine Aufgabe. Eine Aufgabe, die ich ernst genommen habe. Und deshalb kann ich mein Wissen nicht verschweigen. Deshalb schreibe ich Ihnen diesen Brief. Zwei kleine Jungen wurden zerstört. Sie waren meine Schüler. Es geschah im Norden. Irgendwo im Norden. Es ist jetzt fast fünfzehn Jahre her. Aber der Mann, der die Untat begangen hat, ist derselbe. Jetzt ist er hier.

Mit lauter, schriller Stimme, einer Stimme, die ihr wirklich nicht wenig Angst machte, wanderte Rebekka im nachtstillen Haus von Zimmer zu Zimmer und trug Siri Ljoens Anliegen vor. Vor ihrem inneren Auge erschien der kleine Ort oben an der Küste von Finnmark, Dunkelheit, Seewind, Schneetreiben. Die Tankstelle an der Straßenkreuzung. Die Kirche. Die Schule. Hier und da auf der weißen Fläche zwischen den schwarzen Bergen und dem schwarzen Fjord verstreute Häuser. Die Kinder, die sechzehn Kinder, die jeden Tag durch den Ort kamen, zu Fuß oder mit einem Tretschlitten, sechs brachte der Schulbus aus dem Nachbardorf, über die Berge, ja, sie schafften es jeden Tag von Neuem, zum Schulhaus zu gelangen, und zeigten ihr, zeigten Siri Ljoen ihre Zuneigung und ihr Vertrauen. Es war ihr wichtig, das klarzustellen, ja, es ihrem Publikum, das sie in den Ecken wahrnahm, einzuhämmern, dass es mehr bedeutet, an einem solchen Ort Lehrerin zu sein, als diesen Beruf in irgendeiner großen Schule mitten in Ostnorwegen auszuüben. Hier oben wird es zu einem Lebensstil, einer Art zu leben, und man gibt diese Arbeit nur auf, wenn man stirbt oder nach Süden umzieht. Hier oben bist du es immer, und die Kinder werden zu den eigenen. Man merkt, wenn etwas nicht stimmt. Wenn etwas nicht seine Richtigkeit hat.

Sie blieb ganz still stehen, ließ die Arme hängen und legte den Kopf schräg. Am Rand ihres Blickfeldes ahnte sie den Schatten der Puppe, oder war es die Puppe selbst, ihr Arm? Sie stand wie auf einer Rednertribüne, in beredtem Schweigen, sie wartete darauf, die Schlusspointe anzubringen, den Applaus entgegenzunehmen oder vielleicht das empörte Geschrei der Bevölkerung von Nybyen zu hören, wenn Niels Petter Holands Namen unwiderruflich explodiert und wie ein mieses Graffito an die Wände geschmiert wird.

Aus dem Nachtbuch:
Ich werde mich nicht geschlagen geben. Ich habe beschlossen, mich niemals geschlagen zu geben. Ich will mit Leo auf der Kellertreppe sitzen und in die Dunkelheit starren, während ich den Mord an einem Hund plane. Ich ersteche ihn nicht, o nein, das ginge mir zu schnell. Ich zupfe ihm vorsichtig das Fleisch von den Knochen. Ich enthülle das Skelett, den Kern. Aber jetzt muss ich mich dämpfen. In der Nacht bin ich schreiend hin und her gelaufen, obwohl es schon nach halb zwei war. Zu meinem Erstaunen merkte ich, dass ich mir ein Publikum wünschte, ein vollbesetztes Gebetshaus, zum Beispiel, ja, einen Ort, an dem vom Herrn die Rede ist, am besten vom Gott des Alten Testamentes. Von dem, der straft und der Gebote in Stein meißelt.
Leo wollte nicht, dass ich das sah, das ist mir aufgefallen, aber er war an diesem Tag nicht mit Schweinege-

därm beschäftigt. Und auch nicht mit dem Pferd. Weder in lebendem noch in totem Zustand. Ihn interessierte der Junge mit dem Schrubber. Der die Böden von Blut und Resten befreite. Der den ganzen Dreck in den Abfluss schaufelte und später mit kochendem Wasser nachspülte. Der niemals fertig werden konnte, weil immer neues Blut kam, als heftiges Spritzen und als stilles Tropfen. Für diesen Jungen interessierte Leo sich dort draußen. Für einen Jungen mit einem Schrubber und einem Hochdruckschlauch.

Wer bin ich, die nicht vergeben kann? Die nicht vergeben will? Ich bin die, die den schmalsten Weg geht. Den schwierigsten. Denn nichts ist leichter, als abzubiegen und die Schuld des anderen zu streichen.

Sie konnte nicht schlafen. Das störte sie nicht. Sie döste vor sich hin, und wenn sie die Augen öffnete und einen Blick auf die Uhr warf, ragte die Dunkelheit noch immer zuverlässig im Zimmer auf. Halb im Traum, halb in Gedanken sieht sie Siri Ljoen, die die Tür zuzieht und abschließt. Es ist dunkel und schneidend kalt, und sie schleppt ihren wehen Fuß hinter sich her. Unten in der Fischfabrik wird schon gearbeitet, das blauweiße Licht zerschneidet die Winternacht. Es schneit, aber der Wind, der ewige Wind, ist anderswo. Sie geht an den Schneewehen vorbei, sie kann die Bambusstäbe, die in Schulterhöhe aus der gefrorenen weißen Masse herausragen, kaum sehen. Sie denkt an Georg. Daran, dass sie an diesem Tag mit Georg sprechen muss.

Stimmt etwas nicht, Georg? Du siehst so traurig aus.

Er schüttelt den Kopf und schaut in die Dunkelheit hinaus, in der seine Klassenkameraden spielen. Es ist gerade große Pause.

Du weißt, dass du mir alles sagen kannst. Wenn also etwas sein sollte...

Nein, alles in Ordnung.

Über zwei Wochen vergehen, bis dann nicht mehr alles in Ordnung ist.

Sie schluckt. Sie versucht ihre Tränen zurückzuhalten, aber das hilft nichts. Er wird vor ihren Augen zerrissen, und alles fällt in ihren Schoß.

Rebekka steht gegen sechs Uhr auf und schreibt den langen Brief, ohne auch nur einmal abzusetzen. Dann trinkt sie eine ganze Flasche Wein, taumelt zurück ins Bett und schläft ein.

18

Nina Granum strich ihre Haare hinter das rechte Ohr und blies auf ihren glühend heißen Kaffee. Rebekka zerkrümelte auf ihrem Teller ein Stück Sandkuchen und betrachtete das gemeinsame Spiegelbild in der neu eingesetzten Fensterscheibe. Zwei Frauen an einem Küchentisch, die Schweinerippe im Ofen, im Raum der schwere Geruch von mit Kümmel gekochtem Kohl. Aus dem Wohnzimmer war Walt Disneys Weihnachtspotpourri zu hören, dort unterhielt Donald Duck die Herren des Hauses. Heiliger Abend im Stjernesti.

Nina sagte: »Ich freue mich so über deinen Besuch. Ich bin nicht daran gewöhnt... zu Hause waren wir zu Weihnachten immer ganz viele.«

Sie hatten eine Vogelgarbe vor das Fenster gehängt. Dort draußen hatte in derselben Dunkelheit wie jetzt jemand gestanden, mit einem Stein in der Hand.

»Ruft er noch immer an? Dieser Verrückte?«

»Nein. In letzter Zeit war Ruhe. Es klingt vielleicht verrückt, aber auch das macht mich irgendwie unsicher. Es kommt mir vor, als ob er den Atem anhält. Als ob er bald ganz gewaltig nach Luft schnappen muss.«

»Das glaube ich nicht«, sagte Rebekka. »Ich habe so was auch schon erlebt. Es ging einige Monate so, und dann war Schluss.«

»Das hast du erlebt? Hier?«

»Nein, nein. Es ist viele Jahre her. Die Kinder waren noch klein. Das Seltsame war, dass er immer anrief, wenn mein Mann nicht im Haus war. Wenn ich mit den Kindern allein war. Er schien genau zu wissen, wann Konrad kam und ging. Ich dachte, es sei vielleicht ein Nachbar, wir hatten damals kaum Kontakt mit der Nachbarschaft.«

»Er?«

»Ja, er sprach, anders als euer Telefonspezi.«

»Das übliche Drecksgerede?«

»Ja und nein. Die ersten Male klang er eigentlich zuerst ganz sympathisch. Manchmal war er sogar witzig. Aber später im Gespräch rutschte er dann aus. Es war scheußlich. Das eine oder andere Tabuwort wurde in einen Satz eingeflochten, und dann nahm die Sache total überhand. Er schien die Kontrolle über sich zu verlieren. Und sich eigentlich Kontakt zu wünschen, während etwas in ihm ihn in die falsche Richtung trieb. Später habe ich einfach aufgelegt, wenn ich hörte, dass er es war.«

Lachen aus dem Wohnzimmer. Vater und Sohn. Rebekka kannte den Film auswendig, jetzt hatte Woody Woodpecker seinen Auftritt.

Nina: »Ich verstehe das nicht. Ich kann die Männer einfach nicht verstehen. Hast du je von Frauen gehört, die es auf die Tour machen?«

»Ich glaube, eine Frau würde weniger plump auftreten. Wenn du oder ich einen Mann anriefen, um über

Schwänze zu reden, dann würde der doch wohl mit demselben wedeln, meinst du nicht?«

Nina lachte. »Triffst du Leo?«

»Ab und zu. Nicht so häufig. Ich bin eigentlich gar nicht so sicher, ob ich ihn leiden mag. Und dabei denke ich nicht an das, was er auf die Leinwand bannt. Aber er kommt mir so labil vor. Unfertig. Ich würde niemals viel Zeit mit einem Mann wie Leo verbringen.«

»Ich habe von ihm geträumt. Das war seltsam. Ich habe wirklich keine sexuellen Phantasien über diesen Typen, aber das war ein Traum, von dem ich Niels Petter nicht unbedingt erzählen würde.« Sie schaute zum Wohnzimmer hinüber und sagte lachend: »Wir haben es in einem Autowrack gemacht. Draußen an einem Strand. Es war mitten im Winter, so wie jetzt.«

Sieh an. In einem Wrack. An einem Strand. Rebekka glaubte, das Gewicht seines schlaffen Schwanzes in der Hand zu spüren, es war die Zigarette, aber sie erschien ihr als sein Schwanz, sie führte die Zigarette zum Mund und trank Rauch, sie konnte sich nicht daran erinnern, die Zigarette angesteckt zu haben, der Kuchen lag zerkrümelt und unberührt auf ihrem Teller, es stank nach Kohl.

Sie sagte: »Gehen wir doch zu den anderen. Gleich kommt der Ausschnitt aus Susi und Strolch. Der ist so niedlich.«

»Geh schon mal vor. Ich komme gleich nach. Ich muss Wasser auf die Schwarte gießen, sonst wird sie nicht knusprig.«

Knusprige Schwarte. Wie ist die Schwarte doch knusprig, so knusprig. Festen Kurs. Ordentlich kauen und langsam kauen. Das Geräusch der knusprigen Schwarte zwischen den Kronen der Backenzähne, zwischen Füllungen und rosa Zahnfleisch, knusprige Schwarte, die bis in den Hinterkopf hinein knackt, und das Fett, das in die Mundhöhle fließt, es ist fette Rippe, so, wie Rippe in alten Zeiten war und jetzt wieder in Mode kommt, mehr Fett an den Schweinen, jetzt bald in einem neuen Jahrtausend. Sie kaut Schweinefleisch und mehlige Kartoffeln, sie kaut Kümmelkohl und Frikadellen und spült mit Ninas selbstgebrautem Bier hinterher. Und hört sich selber Dinge sagen wie »wie nett«. Oder zum Beispiel: »Neulich habe ich im Radio gehört, dass...« Ja. Nett. Nett hier zu sein. Schön, dass ihr mich überredet habt. Neulich habe ich im Radio gehört, dass jetzt auch diesseits des Gebirges zu Weihnachten Hammelfleisch gegessen wird, in den flachen ostnorwegischen Dörfern. Weihnachtsgeplapper. Weihnachtsmüll. Abgenagte Schafsknochen, gekocht auf Birkenholz, gekauft im Supermarkt, Schafsschädel für die Abenteuerlicheren, niemals Wein zum Laugenfisch, immer Bier zum Laugenfisch, Bier und Aquavit. Fester Kurs, es ist Heiligabend und am Heiligen Abend wird über den Heiligen Abend gesprochen, bei uns zu Hause gab es immer Rippe, Rippe und sonst gar nichts, nicht einmal Würste oder Frikadellen, damals aßen sogar die Kinder Rippe, fette Rippe, das war vor der Gesundheitshysterie, es war Rippe wie diese hier, das Fett triefte nur so, so gehörte es sich, ehe die Boulevardpresse den Herzinfarkt erfunden hat. Mehr? Viel mehr. Niels Petter lacht laut, mit dem Mund voll totem Schwein, es geht um die Geschichte von Onkel Karl, der immer am ersten Weihnachtstag Blutpudding essen wollte, der machte ihm gute Laune, Blutpudding, Blutwurst, sie sitzt an einem gedeckten Tisch auf dem Planeten Tellus, umschwirrt von den Steinmassen des Universums, glühend oder kalt, von Sternen und Planeten, von schwarzen Löchern und Antimaterie, und Niels Petter erzählt noch einmal von Onkel Karl und dem Blutpudding, er schildert das Ganze aus der Sicht des entsetzten Kindes, und er lacht laut und spritzt Fett über die weiße Tischdecke, nur einen dünnen, fast unsichtbaren Streifen, aber es ist eben doch Rippenfett, geschmolzenes Schwein, das Schwein sitzt hier und feiert den Heiligen Abend, und sie kann nur einen lautlosen Furz von sich geben, der dem Kind zugeschrieben wird, da es ein Furz von der Sorte ist, die an einem Esstisch auffällt. Mehr Schwein? Mehr Schwein! Viel mehr Schwein, her mit dem Schwein, es eilt, die Därme schreien nach immer mehr Schwein. Knusprige Schwarte. Fester Kurs. Nina lächelt matt angesichts von so viel Glück und zermatscht Kartoffeln und Soße, der rote Schlund des Jungen, Nina sieht ein Vogeljunges ohne Federn, es gibt nur diesen Schlund, diesen klaffenden Schlund, den Darm, der nach Nahrung schreit, zuerst die Milch der Mutter, dann Soße und Kartoffeln, totes Fleisch. Weiter! Weiter, weiter! Reispudding mit roter Soße, dicker, halb geronnener Soße, es ist echte

Holundersoße, Soße, Soße, Soße, die nie in einem Laden gewesen ist, Ninas Mutter zeichnet für dieses Wunder verantwortlich, sie hat in Kristiansand im Garten gestanden und die Beeren von einem Strauch gezupft, sie hat Saft gekocht und gepanscht, geschlabbert und geplappert, sie hat an ihr Kind gedacht, das jetzt selbst Mutter ist und mit Niels Petter Holand zusammenwohnt. Die jungen Leute brauchen rote Soße zum Reispudding, echte Soße aus echten Beeren, Soße, die sie an ihre eigene Kindheit erinnert, die sie nie vergisst. Niels Petter ließ sich im Sessel zurücksinken und stöhnte. Rebekka sah ihn an, sah sein dämliches Lächeln und dachte, nein, begriff, dass er so, genau so aussah, eine Sekunde, nachdem es ihm gekommen war. Nachdem er sich tief, tief in Ninas rotes Fleisch ergossen hatte.

»Satt?« Nina lachte. Nina lachte so leicht.

Er schloss die Augen. »Ich platze.«

Nina schenkte ihm mehr Aquavit ein, und er wurde von diesem Geräusch zum Leben erweckt, er packte sein Glas und kippte den Schnaps in sich hinein.

Rebekka streckte die Hand nach der Flasche aus und füllte ihr eigenes Glas.

»Es sollte verboten werden, es so gut zu haben«, sagte er. »Streng verboten. Aber wo steckt die Mandel?«

»Herrgott«, sagte Nina. »Die habe ich vergessen.«

»Auch gut«, sagte er. »Dann brauchen wir sie nicht in Simens Portion zu schmuggeln.« Er lächelte. »Denn du kriegst doch das Marzipanschwein, nicht wahr?«

Der Junge nickte ernst.

Mehr Schwein. Noch mehr Schwein.

»Aber die Frage ist doch, ob dieses Jahr der Weihnachtsmann kommt«, sagte Nina und zauste ihm die Haare. »Glaubst du das?«

Wieder nickte der Junge. »Das glaube ich.«

»Ja, wenn alle satt sind...« Nina ließ ihren Blick von Rebekka zu Niels Petter wandern.

»Dann bleibt ihr beide sitzen«, sagte Niels Petter. Er erhob sich und fing an, den Tisch abzuräumen. »Ich hol uns einen Rotwein.«

Er trug Geschirr und Schüsseln in die Küche, wobei Simen ihm eifrig sekundierte.

Sie blieben sitzen und rauchten. Der Wein kam auf den Tisch und in die Gläser. In der Küche wurde die Spülmaschine eingeschaltet.

Es sollte verboten sein, es so gut zu haben, dachte Rebekka. Streng verboten.

Der Weihnachtsmann kommt. Hier kommt der Weihnachtsmann. Kaum ist Niels Petter zu den Nachbarn gegangen, um ihnen bei irgendetwas behilflich zu sein, schon kommt der Weihnachtsmann, mit Getöse schrecklich groß und mit tiefer Stimme. Der Junge steht mit seiner Mutter vor dem Weihnachtsbaum, er presst sich gegen die Mutter und seine Unterlippe zittert, aber er hält durch, das Eis trägt, er ist ein tüchtiger kleiner Junge, der sich nicht vor dem Weihnachtsmann fürchtet, obwohl sein Vater nicht da ist. Und als er den Jutesack sieht, der auf den Boden ausgeleert wird, die bunten Pakete, die über den Teppich schäumen, da ist es geschehen, er lässt sich gehen und jubelt, wie Kinder sich am Geburtstag des Jesuskindes gehen lassen und jubeln sollen. Von Mutter für Vater. Von Oma und Opa für Simen. Von Vater für Simen. Noch einmal von Vater für Simen. Von Mutter und Vater für Simen. Von Oma und Opa für Simen. Von Rebekka für Simen. Von Rebekka für Niels Petter. Von Vater für Mutter. Von Niels Petter und Nina für Rebekka. Für Rebekka von Nina. Von Onkel Truls und Tante Lene für Simen. Von Tante Frida für Simen. Von Mutter für Simen. Von der anderen Oma und dem anderen Opa für Simen. Diese herzenszitternden Geber-Mantren werden in diesem Moment wie in einer Messe im ganzen Land psalmodiert, in fast jedem einzelnen Haus in Stadt und Dorf, während die Mägen nach der kräftigen Kost grummeln und die Spülmaschinen im Hintergrund laufen und laufen.

Absolut gegen ihren Willen fühlt sie sich wohl. Aquavit und Wein haben sie warm und mild gemacht, und jetzt genießt sie es, hier in diesem vielen Glück zu sitzen. Sie sieht Niels Petters ein wenig deformierte Hand an, die Pakete austeilt und die sich nicht halten kann, wenn sie in die Nähe des Jungen kommt, die ihn immer wieder streichelt, seinen Kopf, seine Schultern, seinen Rücken, die streichelt und streichelt. Und sein Blick, hinter der blödsinnigen Maske, mild, weich, diese Augen, die das gesehen haben, was sie selbst nicht gesehen hat, was ihr nur weinend erzählt worden ist; Stina, die auf die Knie fällt, um ihn leerzusaugen, während ihr ein Messingschlüssel unter das Auge gepresst wird.

Sie singen Stille Nacht und packen aus. Alle vier knien in einem immer noch wachsenden Haufen aus buntem Papier, Namensschildern und Schleifchen. Gegenständen. Immer neue Gegenstände tauchen in der gedämpften Beleuchtung auf, im gelben Licht des Kaminfeuers, dem einer einzelnen Lampe und einer unbekannten Anzahl von Kerzen in allen Größen und Formen. Es riecht nach Rippe, Stearin und Räucherkerzen, und zum Vorschein kommen Hemden und Schlipse, Bademantel, Pantoffeln, Lego, Teddybär und Stoffgiraffe, eine Uhr für Mutter und eine Aktentasche für Vater, drei Kalender, ein Pullover für Mutter, ein Auto mit Fernsteuerung für Simen, ein Buch für Simen, Schokolade für Simen und ein wunderschöner Schal für sie selbst; sie ist zutiefst gerührt, sie ist fast ein wenig gerührt, und sie hört sich »also wirklich« und anderen Unsinn sagen, dann wird das harte Paket von Tante Frida für Simen ausgepackt, von Tante Frida, die Simen noch nie gesehen hat, Vater und Mutter tauschen einen seltsamen Blick, es ist nicht leicht für eine Fremde, diesen Blick zu deuten, es handelt sich um eine Plastikdose, vielleicht eine Essensdose, aber sie ist mit Klebeband verschlossen, damit die Süßigkeiten nicht herausfallen, Vater muss das viele Klebeband mit seinem neuen Taschenmesser zerschneiden, und dann heben Mutter und Simen zusammen den Deckel ab und Mutter schreit, als gebäre sie gerade einen Fußball, sie schreit und fährt heftig zurück und alle Augen, alle großen klebrigen Tieraugen fließen über den Teppich, und dann ist der Junge an der Reihe, er hat keine Angst vor diesen Augen, aber er hat seine Mutter noch nie so gesehen, sie liegt halbwegs unter dem Weihnachtsbaum auf der Seite und heult.

Der Weihnachtsmann springt auf und schreit, was zum Teufel, während er immer wieder mit seiner wehen Hand gegen die Kiefernholztäfelung schlägt.

Und dann passiert das Bemerkenswerte, das, woran sie sich bis ans Ende ihres Lebens erinnern wird. Der kleine Junge dreht sich zum Weihnachtsmann um und schlägt mit harten kleinen Fäusten auf ihn ein.

Es ist die Heilige Nacht, und sie lässt sich zur Stadt fahren. Auf der rechten Seite liegt der blanke stille Fjord, am Hang auf dem anderen Ufer sieht sie die Häuser mit ihren leuchtenden Wohnzimmer- und Küchenfenstern; über diesem Bild liegt eine Sattheit, eine unschuldige Sattheit, sie denkt, hier leben sie ihre Leben außerhalb der Welt.

Sie rauchen. Sie raucht und der Taxifahrer raucht, hier sitzen sie und brechen gemeinsam die Vorschriften, das haben sie miteinander abgesprochen. Das Taxameter läuft, tickt neue Zahlen heraus, die ganze Zeit neue Zahlen. Es ist ein junger Fahrer, er ist glatt und jung und seine Vorfahren haben anderswo auf diesem Planeten gehaust.

Er fragt: »Haben Sie etwas Schönes bekommen? Pantoffeln?«

»Pantoffeln sind nichts Schönes.«

»Was ist denn schön?«

»Schön ist, mit Menschen zusammenzusein, die wir lieben.«

Er nickt ernsthaft. Der Zigarettenrauch quillt aus seinen Nasenlöchern, und er nickt ernsthaft. »Das gelingt euch nicht sehr gut. Es gelingt euch nicht sehr gut, euch umeinander zu kümmern.«

Da hast du Recht, denkt sie. Aber ich möchte mir von meiner Schwiegertochter nicht den Hintern abwischen lassen.

Sie sagt: »Umdrehen.«

»Umdrehen?«

»Ja, umdrehen.«

Er dreht.

»Fahren Sie zum Solheimstrand.«

»Zum Solheimstrand? Jetzt?«

»Ja, sicher. Ich bin nicht verrückt.«

Er schüttelt den Kopf und gibt Gas.

»Feiern Sie Ramadan?«

»Sicher.«

»Das mit dem Fasten beeindruckt mich nicht sehr. Ich habe ein Interview mit einer Frau aus Pakistan gelesen. Sie hat erzählt, was sie nach Sonnenuntergang so alles auftischt. Mir ist richtig das Wasser im Munde zusammengelaufen.«

Er lacht. »Das Schlimmste ist das mit dem Rauchen.«

Nein, denkt sie. Das Schlimmste ist nicht das mit dem Rauchen. Das Schlimmste ist, dass du einen ganzen Monat lang mit schlechtem Gewissen onanieren musst.

Der Fjord. Das monotone Geräusch der Spikesreifen auf dem harten Schnee. Der Alkohol hat sie warm gemacht und der Anblick von Niels Petter Holand, der im wahrsten Sinne des Wortes die Maske fallen ließ, feucht.

Schaut mal, das ist Vater.

Aber es ist nicht Vater. Es ist nur noch mehr Verwirrung.

Der Fahrer sagt: »Ich kann Sie da draußen doch nicht einfach absetzen?«

»Nein«, erwidert sie. »Das können Sie nicht.«

Das alte Seil der Schaukel hängt noch immer da. Ein grauer Strich vor schwarzem Hintergrund. Der Kiosk ist geschlossen und verriegelt, vor die Fenster sind Blenden geschlagen. Sie sieht alles wie in einem Film, sie sieht diesen Film im Licht der Autoscheinwerfer, während sie seine schwarzen Haare streichelt und spürt, wie seine Zunge hin und her gleitet, aus und ein, in ruhigen, zögernden Bewegungen.

Er weiß, dass ich komme. Leo weiß, dass ich komme.

Sie schaut auf die Uhr. Sieben Minuten nach eins.

Macht er um diese Zeit nicht seine Abendrunde?

Der Fahrer kniet auf dem heruntergeklappten Sitz nieder. Er streift seine Hose nach unten, sein Gesicht ist feucht, er sagt etwas in einer Sprache mit flachem L, sie denkt, bestimmt sagt er Hure, bestimmt sagt er Fotze,

Nutte, und das ist gut so. Sie nimmt ihn in den Mund, damit er den Mund hält, aber er macht weiter, macht weiter, sie hält seine festen Hoden in der Hand, und sie saugt hart und zielbewusst, bis er zwei Millionen potenzieller Pakistani von sich gibt, vielleicht auch Iraker, und sie schluckt sie alle hinunter, wie eine Überschwemmung oder ein Krieg wirkliche Menschenkinder verschlingen, während er sie die ganze Zeit als Nutte bezeichnet, falls er nicht einfach zu einem Gott betet, der zufällig nicht ihrer ist. Und er lässt nicht nach, nein, er lässt nicht nach, er bleibt pochend und hart, und sie kehrt ihm den Rücken zu und beugt sich zum Heckfenster hin, während er in seiner seltsamen Sprache weiter plappert und eifrig in sie eindringt, sie stößt dagegen und hört plötzlich ihre eigene seltsame Sprache, es ist eine Tiersprache, denn es sollte nicht gut sein, es sollten keine guten Weihnachten und kein gutes neues Jahr werden. Er wird schließlich ruhiger, aber er weiß, was er will, sie denkt die ganze Zeit an den Hengst, der den Menschen den Intellekt geschenkt hat, an den großen roten Hengst, dem die Haut abgerissen und der zu Fuchsfutter oder Wurst verarbeitet wurde, egal, was, sie starrt in die Dunkelheit hinaus, durch die Dunkelheit hindurch, und da kommen Opa und Oma mit Picknickkorb und Saft und Badesachen und Badetüchern in einer Plastiktüte, und dann kommt es ihr, zum ersten Mal seit mehreren Jahren, und so war das nicht gemeint, aber jetzt kommt es ihr.

Er hat vergessen, das Taxameter abzuschalten, es hat fünfhundertzwanzig Kronen zusammengetickt, er sagt, tut mir Leid, und steckt sich das Hemd in die Hose, aber es braucht ihm nicht sonderlich Leid zu tun, sie gibt ihm sechshundert und bittet um eine Quittung, und dann lachen sie über dieses seltsame Land, in dem solche Dinge von der Steuer abgesetzt werden können.

Aber als sie geht, wird er ernst.

Da wird er ernst.

Er fährt erst, als sie mit der Hand auf das Autodach schlägt und ihn auffordert, sich zum Teufel zu scheren.

19

Aus dem Nachtbuch:

Ich blieb in der Dunkelheit stehen und sah ihn an. Er konnte mich nicht sehen, aber ich sah ihn. Trotzdem hatte ich das klare Gefühl, dass er wusste, dass ich da war, oder dass er jedenfalls wusste, dass ich in dieser Nacht kommen würde. Er trug eine Art Kittel, von der Sorte, in der Odd Nerdrum herumläuft. Er malte. Sein Kittel war von Farbflecken übersät. Er malte mit sicheren, harten Strichen, und die ganze Zeit führte er Selbstgespräche. Ich konnte nicht hören, was er sagte, aber er führte Selbstgespräche. Sonst war niemand im Zimmer.

So stand ich da, während die Spermien aus mir herausflossen. Ich dachte: wenn ich jetzt hineingehe, dann lenkt er das alles.

Ich ging hinein. Ich wollte nur ein Glas Wasser. Ich war fünf Jahre alt und hatte Durst. Er stand mit dem Rücken zu mir vor der Staffelei und drehte sich nicht um, so sicher war er, er drehte sich nicht um.

»Sie war sich immer so sicher«, sagt er. »Sie hat dich überall mit herumgeschleppt. In meiner Erinnerung bist du nur ein Schatten. Stina. Die große Schwester Stina. Die kleine ängstliche Rebekka mit den großen Augen.«

Es ist ein ganz neues Bild. Das Bild des ruinierten Autos ist fertig, es lehnt an der Wand. Jetzt malt er Niels Petter Holand. Ein ganz normales Porträt von Niels Petter Holand, ganz anders als alles, was sie von ihm gesehen hat. Niels Petter Holand in offenem Hemd und Blazer.

»In der Küche steht Rotwein.«

Sie geht hinüber und trinkt Wein aus der Flasche. Nimmt die Flasche mit zurück.

»War es nett? Gutes Essen?«

»Es war so, wie es sein soll.«

Er legt den Pinsel weg und dreht sich um. »Komm her.«

Sie tut es. Sie kommt zu ihm und er schließt sie in einen festen Griff ein, er fährt mit der Hand über ihren Hinterkopf, wieder und wieder.

»Oslo ist im Winter abscheulich, Rebekka. Ganz entsetzlich. Der Dreck haftet schon am Schnee, noch ehe der gelandet ist. Er wird von hunderttausenden von Füßen und ebenso vielen Autoreifen zermatscht und zermahlen. Es ist überall so verdammt schmutzig! Verdreckte Weihnachtsmänner und traurige Weihnachtsfeierfans, sie kotzen, während sie am Taxistand Schlange sehen, sie kotzen sich verdammt nochmal gegenseitig voll. Laugenfisch und Erbspüree. Schweinefett und Hammelfleisch.«

»Aber du hast das geschafft, was du vorhattest?« Sie spricht in den groben braunen Stoff hinein, es riecht nach Terpentin und Tabak.

»Aber sicher. Ich verkaufe die Wohnung. Ich verkaufe die Wohnung und kaufe mir ein Segelboot. Ich ziehe auf Dauer hierher. Genau wie Niels Petter Holand. Und du solltest auch zur Vernunft kommen. In Oslo gibt es keine Zukunft. Oslo ist ein sinkendes Schiff.«

Sie setzen sich an den Tisch. Sie trinken Wein.

»Wie heißt sie? Wie heißt seine Schwester?«

»Hast du das nicht gesehen? Ein schöner Name. Ich habe mir mit der runden Mädchenschrift große Mühe gegeben. Du solltest doch stolz auf mich sein.«

Sie lacht und steckt sich eine seiner Zigaretten an. Es ist warm im Zimmer, der Alkohol wirkt jetzt stärker.

»Hast du dich die ganze Zeit an mich erinnert?«

»Nein. Ich wurde eines Nachts wach und sah alles vor mir. Sah dich vor mir, so, wie du damals warst.«

»Aber deine Erinnerung täuscht sich, Leo. Ich habe sie herumgeschleppt. Immer habe ich mich um sie gekümmert. Ich kümmere mich noch immer um sie.«

Er zuckt mit den Schultern. »Wenn du willst. Und du? Erinnerst du dich an mich?«

»Nein. Ich erinnere mich nicht an dich. Und ich glaube, du erinnerst dich an einen Traum.«

Schmutzig. Alles ist so schmutzig. In Oslo, hier und überall. Überall fließt der Dreck über die Fassaden, über die Bürgersteige und Straßen. Sie denkt an die Briefe, an die zweihundert Briefe, an die in Gummi gehüllten Hände, die an riesigen Briefmarkenbögen reißen und zerren, an den feuchten Schwamm in der Schale auf dem Schreibtisch, keinen eigenen Speichel, Wasser aus der Leitung,

Schwamm. Zweihundert Briefe. Zweihundert weiße Rechtecke, die vom Himmel fallen, die der Wind wie einen Fächer um das kleine Haus im Stjernesti verteilt, wo jetzt zwei erwachsene Menschen wach liegen und die Wände anstarren, an diesem Weihnachtsfest ist der Junge dem Weihnachtsmann begegnet, dem echten Weihnachtsmann.

Leo malt.

Sie trinkt und schaut auf den Fjord hinaus, auf das schwarze blanke Eis. Der Wind fegt den Pulverschnee in jähen Stößen über die glatte Fläche, es ist ein Bild in immer wechselnden Formen, es lebt dort draußen. Hat er hier seine Kindheit verbracht, seine Jugend, und sie so gesehen, wie sie war? Wenn es so ist, warum hat sie dann keine Erinnerung an ihn? Wenn es so ist, dann muss er irgendwo dort drinnen sein, in einem der Räume, die sie geschlossen, die die Zeit zugemauert hat.

»Wie geht es mit seiner Hand?«, fragt Leo. »Erzähl von seiner Hand.«

Sie erzählt Leo von Niels Petters verstümmelter Hand, dass es eine Hand ist, die nie wieder so werden kann, wie sie war, sie ist schlimm verletzt worden, nicht ganz zerstört, aber es ist schon traurig. Es ist traurig, wenn etwas Schlimmes nicht ins Bessere verkehrt werden kann. Darüber kann es ja wohl nur eine Meinung geben.

»Wie kannst du ihn malen? Du kennst ihn doch nicht.«

»Nein, ich hätte ihn nicht malen können, wenn ich ihn kennen würde. Das wäre nicht gegangen. Ich habe im Fønix gesessen und ihn auf den Rand der Zeitung skizziert. Ich *ahne* ihn. Das ist das Geheimnis. Ich kann ihn mir gut in einem Keller vorstellen. Er hat ein starkes Gesicht. Ich glaube, er ist keiner, der aufgibt, ehe er die Scheiße und die Wahrheit aus dir herausgeprügelt hat. Ich hoffe, das hast du bedacht.«

Aber sicher doch. Es gibt nur einen einzigen Keller auf der ganzen Welt, in den Niels Petter Holand sie mitnehmen könnte, und das ist Leos eigener Keller. Das hat sie bedacht. Alles andere wäre zu einfach. Nein. Zu einsam. So ist es gut. Sie hat sich seit dem Tod der Großeltern auf niemanden verlassen können, diese Erkenntnis überkommt sie jetzt. Sie muss fast lachen. So viele Jahre im Nichts. Eine ganze Ehe. Zwei Kinder. Nichts.

»In der Küche ist noch mehr Wein. Im Schrank. Lass dich nur sternhagelvoll laufen.«

»Nein, ich gehe schlafen.«

»Zieh erst den Mantel aus«, sagt er. »Du hast noch immer den Mantel an. Und die Stiefel.«

Aus dem Nachtbuch:
Ich habe geträumt, dass ich mit Stina am Fjord entlangging. Es war Herbst, es roch säuerlich noch verfaulenden Blättern, es tropfte von den schwarzen Bäumen. Ich ging weiter und hielt Stina an der Hand, ich trug viel zu große Gummistiefel. Ich dachte es nicht, aber ich wusste es, so, wie man im Traum Dinge weiß und spürt, dass es Opas Gummistiefel waren, und dass wir fortgingen, fort, fort, von etwas, das nur vage war,

dunkel, nicht konkret, es war ein unbehagliches Gefühl im Bauch. Dann blieben wir unter einer der großen Erlen stehen, die fast ins Wasser hinein wachsen, es wurde kein Wort gesagt, aber Stina musste pinkeln, sie hockte sich mitten auf den Weg und pinkelte. Und dann – unlogischerweise – hing ich an einem der starken Äste, ich hing dort und mein Bewusstsein lag irgendwo rechts von meinem Körper, ich konnte auf meine großen Stiefel hinunterblicken, genauer gesagt zu ihnen hinüber, sie baumelten in der Luft, fielen aber nicht herunter. Es regnete. Es war dunkel. Stina hockte unten wie eine ausgezogene Puppe, hockte dort und pinkelte. Dann hörte ich die Hunde. Sie kamen näher, eifrig bellend, es waren große Hunde mit rauen Stimmen, und Stina löste sich auf und verschwand. Dann kam das Geräusch von Karrenrädern im Schlamm, altmodische Karrenräder, mit Metall beschlagenes Holz, das sich durch den weichen Boden kämpfte, es war eine Art schlürfendes Geräusch, ich sah etwas vor mir, ETWAS, das in mir ein- und ausglitt, dann zurück zu den Karrenrädern, dem Wasser, das gegen den Boden schlug, das sich in den Boden schlug. Ich sah, nein, ich spürte einen Kutscher, einen Mann ohne Gesicht, eine Peitsche in der Hand, und einen Klepper mit gesenktem Kopf, der vor einen zerbrochenen Wagen gespannt war, auf dem ich bereits weiß und still in dieser gurgelnden und tropfenden Nässe lag. Die Hunde waren irgendwo draußen. Stina verschwunden. Ich schaute auf Opas große Stiefel hinunter, die einfach in der Luft

baumelten, und dann auf mich selbst, auf die groben Bretter im Karren, etwas Schreckliches war geschehen, jemand war gekommen, um mich zu holen, jemand. Ich erwachte, nein, ich weckte mich selbst, und sofort wusste ich nicht mehr, wo ich war. Es gab hier andere Gerüche, als ich sonst gewohnt bin, es stank nach Schweiß, und das Bettzeug war feucht unter meiner Haut. Ich setzte mich auf, und dann war alles wieder gut, durch die offene Tür sah ich Leos breiten Rücken im Sessel vor dem Fernseher, da saß er und trank und sah fern. Das blaue Licht tanzte bei jedem Szenenwechsel über die Wände, hüpfte und sprang über die bemalte Täfelung, Leo saß da und sah sich eine Schwimmmeisterschaft an.
Und ich sah mehr. Ich sah, dass Leo Niels Petters Gesicht mit breiten rostroten Strichen übermalt hatte, von dem ursprünglichen Bild war nur noch ein großes starrendes Auge zu sehen. Niels Petter Holand starrte mich an. Starrte mir ins Gesicht. Das Bild war halb von mir weggedreht, aber Niels Petter starrte mich an. Ich wusste, dass er mich immer anstarren würde, egal, aus welchem Winkel ich das Bild auch betrachtete.
Ich ließ mich im Bett zurücksinken. Nickte ein und wachte wieder auf. Trieb zwischen den Welten hin und her. Schlief wieder ein. Träumte oder dachte: können sie heute Nacht schlafen? Ist das nicht total unmöglich? Aber der Mensch muss schlafen. Irgendwann muss der Mensch schlafen, so unmöglich das auch sein mag.

20

Jetzt wurde alles blau. Das Flimmern des Fernsehers aus der Nacht vor dem ersten Weihnachtstag schien in ihr Bewusstsein gekrochen zu sein, sie nahm ihre Umgebung in einem kantigen Blauton wahr, der in unregelmäßigen Abständen pulsierte. Der Nachbar, der Schnee schaufelte, abgehackt, blau, kalt, elektrisch, Schaufel um Schaufel, schwuff, schwuff, das Geräusch des feuchten Schnees, der seufzend das Aluminium losließ und gegen die Garagenwand geschleudert wurde. Der Boden, auch er blau, im Halblicht, wenn die Kinder zum weiter unten gelegenen Gebetshaus hin rutschten und sprangen. Sie lief durch das leere Haus und fröstelte, sie heizte wie besessen, und es war nicht kalt, aber sie fröstelte trotzdem die ganze Zeit. Zum Fenster und zurück, zum Fenster und zurück, unter ihr lag die Stadt und war blau, und hier kamen die Wände auf sie zu, eine Lawine ging ab, die ganze Zeit ging in ihr eine Lawine ab, und noch immer musste sie über die vielen Seltsamkeiten lachen, die sich hier abspielten. Es war der dritte Weihnachtstag, und sie dachte, jetzt wird die Post ausgetragen, jetzt wird sie in jeden einzelnen Haushalt gebracht, verspätete Weihnachtskarten, die gelesen und mit einer Grimasse weggeworfen werden. Rechnungen, die allen Wünschen für ein gutes neues Jahr trotzen. Jetzt wird die Post ausgetragen und in die grünen Blechkästen in Fiolvei, Prinsens gate und Stjernesti gesteckt. Die Menschen sitzen in ihren Häusern und Wohnungen, wo der Duft frisch gekochten Kaffees schwer und einladend über den Frühstückstischen hängt; es ist die Zeit zwischen den Jahren, der Friede zwischen der Geburt des Erlösers und dem Tod des alten Jahres. Da sitzen sie mit ihren dampfenden Kaffeetassen und reichen Butter, Kräuterhering und Sülze herum, alles Gute, das sie miteinander teilen wollen. Es ist Alltag, aber nicht ganz, denn obwohl Läden, Postämter und Banken geöffnet haben, ist die ganze Woche von dieser satten Ruhe durchsäuert, dem Segen des Weihnachtsfestes.

Rebekka legt sich angezogen ins Bett, und als sie die Augen schließt, hört sie ein Klicken. Klar und deutlich sieht sie, wie die behandschuhte Hand des Postboten sich vom Briefkastendeckel zurückzieht, langsam, Zeitlupe, die Hand scheint ihr eigenes Bewusstsein zu besitzen, scheint zu denken: *Was habe ich getan? Habe ich den Brief in den Kasten gesteckt? Habe ich DEN Brief in den Kasten gesteckt?* Sie hört die Stiefel im Schneematsch, als der Bote zurückweicht, umdreht, zum nächsten Kasten weitergeht, während die Hand, die verdammte Hand, in der Tasche nach einem weiteren Brief greift, und noch einem und noch einem, mit Siri Ljoens Adresse auf der Rückseite.

In der Küche. Am Tisch aus Kiefernholz mit der roten Weihnachtsdecke. Kerzen. Nina Granum, die ins Graubrot beißt, die Zähne durchbohren den dänischen Sahnekäse, die dicke Schicht Butter, die ganze Brotscheibe, bis sie in einem fast lautlosen Knacken aufeinandertreffen, das durch die Irrgänge des Gehirns geschleudert wird. Da ist die Post, denkt sie, während die Speicheldrüsen arbeiten und das Brot zerkaut, verschluckt wird.

»Da ist die Post«, sagt Nina Granum und trinkt einen Schluck Milch.

»Bleib du nur sitzen«, sagt Niels Petter. Er fährt mit der Hand über den Kopf seines Sohnes, als spreche er mit ihm, der Sohn sitzt im Kinderstuhl und saut mit den Resten von zwei halben Brotscheiben herum.

Er erhebt sich und weiß nicht, dass er sich zum allerletzten Mal wirklich *erheben* kann. Hier an diesem Tisch aus Kiefernholz in dem Haus, das jetzt sein neues Heim ist, hier kann er sich mit dem vollen Gewicht und der Entschlossenheit eines erwachsenen Mannes erheben. Im Briefkasten liegt Post. Nun gut. Dann holt Vater die Post herein. Iss du nur, meine Liebe. Esst ihr nur. Vater und Liebhaber geht hinaus und holt die Post herein. Um ihr eine Freude zu machen, zieht er die neue Strickjacke an, draußen ist es nicht kalt, aber er will ihr eine Freude machen, so wie sie ihm eine Freude machen wollte, als sie am Vormittag des Heiligen Abends das Paket unter den Baum gelegt hat. Die Luft draußen ist klar und frisch, vom Meer her riecht es nach Salz, und ein jäher Windstoß treibt den Rauch aus dem Schornstein der Nachbarn zu ihm herüber, er wird vom Duft des aufgelösten Birkenholzes eingehüllt, bald aber ist der Wind anderswo, er pflügt sich seinen Weg durch den Wald, den lebendigen. Wie viele Schritte hat er vor sich? Dreiundzwanzig. Es sind dreiundzwanzig Schritte von der Haustür bis zum Briefkasten unten am Zaun. Rebekka hat sie gezählt. Es sind dreiundzwanzig Schritte. Dort. Der Kasten. Der Brief. Ein Brief an ihn und Nina. Ein Brief von Siri Ljoen. *Siri Ljoen?*

Oben am Hang geht eine Lawine herunter. Nein, kein Feldstein hat sich gelockert, wurde von der Erde losgelassen. Keine Felsnase bricht ab und taumelt nach unten. Die Erde lässt sich selber los. Die tiefen Tonschichten bersten, reiben in der Tiefe, die niemand sehen kann, ihre unsichtbaren Flächen aneinander. Rebekka wird sich ihrer selbst bewusst, sie hängt in der Luft, hoch oben über den Tannenwipfeln. Es sind dunkle, alte Tannen, aber jetzt ist Frühling, neue Zeit, hier gibt es keinen Ochsenkarren, sondern nur den trockenen Weg dort unten, der sich zur Anhöhe hochwindet, nur den Bach, der plätschert, das Wasser über den glatten Steinen dort unten, die hellen fetten Knospen an den Zweigen. Es ist eine Landschaft in tiefer Ruhe, und sie ist körperlos: nur die vage Erinnerung an die Brust, die sich hebt und senkt, an den Atemzug.

21

Er hatte Recht. Jetzt im Winter war es schön am Fjord. Nacht. Winternacht. Er hatte sie von innen bis außen warm eingehüllt, sie saß auf der hintersten Ruderbank und kam sich vor wie ein Eskimo. Sie betrachtete seine Hände, die die Ruder führten, und hinter ihm funkelten die Lichter der Stadt wie ein Spiegelbild des Sternenhimmels. Er ruderte mit ruhigen Zügen. Die ganze Zeit waren Eiskristalle unter dem Rumpf zu hören, das Knirschen der Ruder in den Dollen, monoton. Und sein Gemurmel. Ebenfalls monoton. Zerstreutes Lächeln. Ab und zu ein glucksendes Lachen, es ging um diese Briefe. Und um Siri Ljoen, natürlich. Ihm gefiel die Vorstellung von der alten Grundschullehrerin, die hier mitten in der Idylle auf eine besudelte Vergangenheit gestoßen war. Wie viele Briefe? Hundert? Zweihundert?

Sie gab keine Antwort. Wusste es nicht mehr. Jede Menge Briefe jedenfalls.

Er schüttelte den Kopf, ohne das Lächeln aufzugeben. Sagte, es wäre mehr als genug, wenn zwei Dutzend anbissen, dann würde das Entsetzliche zur Wahrheit werden. Zumindest wahr genug wirken. Und Niels Petter? Der gerade ein Haus gebaut und Wurzeln geschlagen hatte. Der arme Kleine.

Seine Worte trafen irgendwo am Rand ihres Bewusstseins auf. Bei »der arme Kleine« fühlte sie sich auf eine andere Ruderbank zurückversetzt, in eine andere Zeit. Sie hatte oft so gesessen, das jedoch an Sommertagen oder während der Dämmerung, auf dem Rückweg zum Strand, vom Angeln im seichten Wasser. Es war ein Bild dieser Ausflüge, das haften geblieben war, und als sie jetzt Leos Hände betrachtete, stieg es wieder in ihr auf; der Großvater zog den Anker hoch. Die langen zähen Ruderschläge, bloße Fäuste, die das grobe Hanfseil aus der Tiefe holten, und meterlange Tangdolden, Büschel aus roten und gelben Quallenfäden. Der Großvater, der Übermensch, denn was wissen Stadtmädchen schon von Lederhaut und jahrelanger Abhärtung? Innerlich hatte sie geschaudert, und auch jetzt lief es ihr kalt den Rücken hinunter.

»Das mit der Absenderadresse war ein kluger Zug«, sagte er. »Gibt es die wirklich?«

»Lass uns zurückfahren«, sagte sie.

Und dachte: Wen interessiert denn so was?

Er hielt an und nahm den Kaffeebecher vom Boden. Trank kalten Kaffee und spuckte gelblich aus. »Er hätte deine Witterung genommen. Wenn ich nicht wäre, dann hätte er jetzt deine Witterung genommen. Das ist dir doch klar?«

Ja. Sie freut sich über die Schuld, die jedes Mal wächst, wenn sie bei einer Tasse Kaffee im Stjernesti sitzt und in der Diele das Telefon schellt. Dann kommt es sogar vor, dass ihr eigenes Gemüt sich mit dem der anderen vermischt. Es ist seltsam, aber so hat es sich entwickelt. Und sie denkt, dass nichts so gefährlich ist, wie er glaubt. Dass er sich eine größere Rolle zuschreibt, als er in Wirklichkeit hat, und dass das gut so ist. Es gibt keine Verbindungen. Das Ganze liegt zehn Jahre zurück. Sie und Stina tragen unterschiedliche Nachnamen. Die Opfer... eine lange, lange Reihe. Viel mehr als nur die, die seinen Namen vor Gericht genannt haben. Keine kleinen Knaben. Erwachsene Frauen.

Sie parkte unten am Hang. Durch die nackten Zweige konnte sie sehen, dass im Wohnzimmer im ersten Stock Licht brannte. Sie dachte an die Diskette, die in der Wand hinter der Kommode in der Ritze steckte, und an die leere Festplatte in ihrem Laptop. Es war Viertel nach zwei, und sie ging neben dem Kiesweg her durch den Garten und um das Haus. Für einen Moment blieb sie stehen und betrachtete die Kellerluke mit der abgesplitterten Farbe, ein verschlossener Rachen, der ihr einmal einen halben Finger abgeschnitten hatte. Und sie dachte an Leo, das kleine Spanferkel, wie leicht sie ihm eine Freude machen konnte. Sie öffnete die Luke, zog die Handschuhe aus und setzte sich darauf. Hier kannst du jetzt sitzen, dachte sie. Hier zusammen mit Mutter in der Dunkelheit sitzen. Böser Junge! Sie hatte sich in seinem Schlafzimmer ausgezogen, war ganz nackt gewesen, und dann hatte sie ihn geküsst und seine Haare zerzaust. Danach hatte sie ihre eigenen Kleider angezogen und war gegangen. Wenn sie jetzt den Kopf in den Nacken legte, konnte sie sehen, dass der Schlüssel nicht mehr am Nagel hing.

Sie zog ihr Mobiltelefon hervor und wählte die Nummer.

Nina meldete sich sofort. Sie weinte, aber das war ja nur natürlich. »Ich habe alles so gemacht, wie du gesagt hast«, sagte sie. »Ich bin im Haus. Herrgott, kannst du nicht kommen? Wo bist du gerade?«

Tja.

»Stell schon mal Teewasser auf, ja? Ich bin total durchgefroren. Ich friere ganz schrecklich. Ich kann jeden Moment zu Hause sein.«

»Wir haben...«

»Das weiß ich alles, Nina. Ich habe doch auch Post bekommen. Wo ist Niels Petter?«

»Das weiß ich nicht. Er hat das Auto genommen. Plötzlich war er weg.«

Wenn etwas sein sollte, dann hängt der Schlüssel unter der Kellerluke. Das Mobiltelefon. Ich schalte es aus und dann vergesse ich es. Wenn etwas passiert, dann findest du den Reserveschlüssel an einem Nagel unter der Kellerluke.

Jeden Moment zu Hause? Sie steckte das Telefon wieder in die Jackentasche und hatte das Gefühl, einen falschen Schritt gemacht zu haben.

Hatte sie einfach abgeschaltet?

»Das weiß ich alles...« In ihrem Kopf hallte ihre eigene Stimme noch wider. Ihr war schlecht, sie spuckte zähen Schleim aus, mehr kam aber nicht. Zwischen ihr und Nina lag das leere Erdgeschoss, und sie spürte, wie die andere dort oben irgendwo ruhelos hin und her lief. Hin und her. Die Puppe an ihrer Schnur, die sich in der Frühlingsluft immer wieder drehte. Die Gummihandschuhe? Fortgeworfen. Weg mit den Gummihandschuhen, ein Abfallkorb auf dem Weg hinaus zu Leo.

Vorsichtig zog sie die Luke hinter sich zu. Dann ging sie um das Haus herum und schloss die Tür auf. Seltsam. Auf der Treppe zum ersten Stock wurde sie eine andere und sah sich so, wie sie sich sehen wollte, empört, weil anderen so mitgespielt wurde. Nina saß im Sessel vor dem kalten Kamin. Das Licht der Schreibtischlampe umhüllte ihren Kopf wie ein Heiligenschein. Sie drehte sich um, als Rebekka das Zimmer betrat, jetzt weinte sie wieder. Der Junge bei den Großeltern... ihr Bruder hatte... Niels Petter verschwunden... ihr Mann angeschwärzt als... Herrgott, die Leute hatten schon angerufen, als sie den verdammten Brief selbst noch gar nicht gelesen hatte, und dazu eine Journalistin von der Lokalzeitung..., Niels Petter und... *Kinder! Kleine Jungen!*

Alles wild durcheinander.

»Habt ihr schon mit der Polizei gesprochen?«

Nina schüttelte den Kopf. »Ich habe einfach keine Kraft. Bin total kaputt.«

Rebekka ging in die Hocke und nahm Ninas Hand, und dann brach alles aus ihr heraus, jetzt musste Nina sich zusammenreißen, jetzt musste sie die Polizei verständigen, dieser ganze Blödsinn darüber, dass jetzt jemand irgendwo dort draußen, *jemand dort draußen,* seinen Willen bekam, o verdammt, jetzt setzte jemand seinen Willen durch, und was hatte eigentlich diese Journalistin gesagt?

»Sie hat gesagt, dass unter der angegebenen Adresse keine Siri Ljoen gemeldet ist. Dass in der ganzen Gemeinde keine Frau dieses Namens lebt. Aber das wussten wir schon. Ich meine, wir hatten natürlich im Telefonbuch nachgesehen. Und die Auskunft angerufen.«

»Sonst nichts?«

»Sie wollte einen Kommentar von Niels Petter, aber ich habe gesagt, der sei nicht zu Hause. Das stimmte ja fast, er stand schon im Mantel in der Diele.«

»Und dann ist er einfach gefahren?«

»Er kam mir vor wie gelähmt. Ich glaube, er musste sich nur sammeln. Er hat nichts mitgenommen. Das macht er oft so, wenn er unter Stress steht. Fährt ein paar Stunden durch die Gegend.«

»Verflixt, hat er nicht einmal sein Telefon mitgenommen?«

»Doch. Aber ich erreiche nur den Anrufbeantworter. Glaubst du... kann er *dorthin* gefahren sein?«

»Die Journalistin hat Recht, Nina. Siri Ljoen gibt es nicht!«

»Aber die Adresse?«

Sie sagten nichts. Zweimal versuchte Nina Niels Petter mit Rebekkas Telefon anzurufen, und beide konnten die metallische Frauenstimme des Anrufbeantworters hören. Rebekka sah ihn vor sich. Einsam und wütend, in irgendeinem Auto, an irgendeinem Ort. Und sie dachte an die Journalistin der Lokalpresse. Hatte sie die gerichtlichen Unterlagen wohl schon ausgebuddelt? Die echten Unterlagen? Wenn nicht, dann würde sie sie in die richtige Richtung schieben. Langsam, aber sicher. Und wenn die Gerüchte über Siri Ljoens letzte Unternehmung schon bis Oslo durchgedrungen waren, dann würde die Sache dort zuerst hochgehen. Zuerst dort und mit Auswirkungen auf das ganze Land, ganz einfach umwerfend großartig. Der unschuldige Schuldige, ein Drama in Schwarzweiß, das außer ihr selbst kein Mensch begreifen würde. Er würde nicht in die Idylle im Stjernesti zurückkehren können, aber zurückkehren musste er, Idylle oder nicht.

»Er hat gesessen«, sagte Nina plötzlich. »Und jetzt kommt der alte Dreck wieder hoch.«

Nina musterte sie überrascht. Für eine Sekunde empfand sie es als befreiend, dass sie kein Schauspiel spielen musste.

»Es ging um Finanzdinge«, sagte Nina. »Er hat mir alles erklärt, aber ich kenne mich mit so was nicht aus.«

»Immer mit der Ruhe«, hörte sie sich sagen, und wieder lag ein Echo in ihrer Stimme. »Es haben schon viele anständige Leute gesessen.«

»Da sagst du was Wahres... das war gegen Ende der Yuppiezeit. Und er gehörte zu denen, die wirklich Erfolg hatten.«

Rebekka lächelte. »Ein geplatzter Goldkreislauf? Dabei sind oft die Ehrlichsten hinter Gittern gelandet, Nina.«

»Er sagt, das sei alles ein einziges großes Missverständnis gewesen.«

Ja. Das hatte er gesagt. Dass das Ganze ein einziges großes Missverständnis sei. Er begriff rein gar nichts von dem, was diese Frauenzimmer sich da aus den Fingern gesogen hatten, um ihn anzuschwärzen. Wo sein altes Schlüsselbund geblieben sei? Das habe er verloren. Es habe ihm großes Kopfzerbrechen gemacht, er hatte zu Hause und im Büro die Schlösser auswechseln lassen müssen, und mit diesem Mann vögelst du, du Nutte! Sie war jetzt wütend, das merkte sie. Lächelnd und wütend, und misch dich da jetzt nicht ein, Nina, schau, hier liegt meine Hand auf deinem Knie.

Sie fuhren schweigend weiter. Rebekka begriff, dass Nina sie in ein Zimmer eingelassen hatte, in dem sie bisher hatte allein sein müssen. In ein dunkles Zimmer voller finanzieller Unreinlichkeiten, die Nina nicht begriff, aber er war ihr gegenüber doch so ehrlich gewesen, dass er ihr das Zimmer gezeigt hatte, als sie beschlossen hatten, zusammen alt zu werden. Jetzt, wo ein Kind unterwegs war und alles zwischen ihnen ernst und schön werden würde. Nina? Ich muss dir etwas sagen. Setz dich bitte. Dann hatte er es gesagt. Dass irgendwer seine Buchführung dermaßen missverstanden hatte, dass er zu etwas mehr als zwei Jahren verurteilt worden war. Er wollte nicht, dass dieser alte Dreck nachts zwischen ihnen lag. Und er musste es ja zugeben. Er war ein Wirrkopf gewesen. Er hätte besser aufpassen müssen, statt allem seinen Lauf zu lassen. Er konnte die anderen verstehen, so ungerecht die Sache auch gewesen war.

So ungefähr. Er hatte wirklich mit heruntergelassener Hose dagestanden.

Rebekka musste sich zusammenreißen, um nicht loszuprusten.

Sie erreichen Sanden. Drei Höfe draußen bei Felsen und Meer. Knapp zwei Dutzend Einfamilienhäuser um eine Straßenkreuzung. Das unschöne Gebäude von »Lagro«, einem Großmarkt für Gartenartikel. Es ist dunkel und still. Nina wird nervös, sie will das nicht, sie will nach Hause. Und wie soll sie in einem Ort wie Sanden überhaupt Nr. 12 finden? Das hier ist pechschwarzes Bauernland, keine Vorortstraße.

Rebekka ist ganz ihrer Meinung. Es ist mitten in der Nacht, der Morgen naht. Sie hält vor dem Großmarkt und registriert zugleich die sehr gut sichtbare Nr. 10 an der Wand neben dem Eingang.

»Lass uns eine Runde drehen, ehe wir zurückfahren. Das Haus muss doch gleich in der Nähe liegen. Wenn es überhaupt existiert.«

»Und das glaubst du nicht.«

»Ich weiß ehrlich gesagt nicht, was ich glauben soll.«

Ein schmaler Kiesweg führt zum Meer hinunter. Sie geht weiter und denkt an Leo, der irgendwo auf dem anderen Fjordufer sitzt, im scharfen Geruch von Terpentin, Tabak und Schweiß. Untätig. In diesem Bild, das von ihm auftaucht, sitzt er ganz still in dem fleckigen

Sessel am Fenster. Er scheint auf etwas zu warten, vielleicht auf jemanden.

Auf halbem Weg zum Strand liegen zwei altmodische Sommerhäuser im Schutz des vom Wind gebeutelten Waldes. Nirgendwo ist ein Zeichen von Leben zu sehen. Rebekka schaltet die Taschenlampe an, die sie aus dem Auto mitgenommen hat. Dann betritt sie einen verwilderten Garten, in dem das Gras des Vorjahres kniehoch und tot dasteht. Kein Zaun, kein Briefkasten. Zu Ninas mattem Widerspruch lässt sie den Lichtkegel über die abgenutzten Bretter und die dunklen Fenster gleiten. Das Haus hat keine Nummer, das ist ja auch verständlich. Als sie die Tür erreicht haben, können sie auch kein Namensschild entdecken, hier wohnt niemand.

»Gehen wir«, sagt Nina.

Ja. Gehen wir durch den Wald weiter.

Rebekka richtet den Lichtstrahl auf das weiter unten gelegene Haus, zwischen den beiden Grundstücken führt ein kleiner Weg entlang, eine Senke zwischen den Bäumen.

Die Häuser sehen genau gleich aus. Zwei Stockwerke, spitze Giebel, eine nach Westen ausgerichtete Glasveranda. Hinten ein separater Kücheneingang, dem die beiden sich jetzt auf dem glatten Weg vorsichtig nähern. Als sie nahe genug gekommen sind, sehen sie, dass die Küchentür einen Spaltbreit geöffnet ist.

Nina hat Angst. Das sagt sie.

»Dazu hast du aber keinen Grund. Außer uns ist hier kein Mensch.«

Sie umrunden das Haus und bleiben stehen und betrachten die Fensterscheibe in der Glasveranda, die Rebekka eine Nacht zuvor eingeschlagen hat. Die Glasscherben bilden auf dem staubigen Boden dahinter ein Mosaik.

»Komm!«, sagt sie. »Komm mit mir!«

Sie gehen um das Haus zur Küchentür, die sie geöffnet hat und die jetzt in Wind und Wetter hin und herschlägt.

Hallo? Tot. Stille. Siri Ljoen? Hier?

Die drei Kleider finden sie im Mahagonischrank im ersten Stock. Die frisch gebügelte Bluse hängt wie ein schlaffes Segel an einem an einer Fensterangel befestigten Kleiderbügel. Keine von ihnen kann diesen Anblick noch ertragen. Sie müssen weg hier. Weg! Zurück zur Stadt und zu den Lichtern.

22

Wie lange hatte sie nicht mehr geschlafen? Sie konnte sich nicht erinnern. Sie war wie benommen, und alle Glieder waren steif. Sie hatte erst bemerkt, wie es um sie stand, nachdem sie Nina zu dem leeren Haus zurückgefahren hatte, sie hatte »Schale« gedacht, eine verlassene Schale, es war so einsam und traurig, und natürlich hatten irgendwelche Bengel die Hauswand mit ihrer Ansicht über erwachsene Männer eingesprayt, die mit kleinen Jungen spielten. Die Fenster waren unversehrt, aber irgendwer hatte die Vogelgarbe abgerissen und mit Tritten über den Hof befördert. Traurig, und das Haus sah so tot und fremd aus. Hatten sie hier in Puter und Schwein gebissen, während Niels Petter lustige Anekdoten aus dem Leben eines Bauunternehmers in einer norwegischen Kleinstadt zum Besten gab? Hatte sie hier gesessen und über seinem Sitz aus grünem Kunststoff Wasser gelassen und dabei die Toilettengegenstände im Spiegelregal betrachtet, Rasierer, Marderhaarpinsel, die blaue Zahnbürste im Plastikbecher, die ganze Zeit mit dem Bild ihrer selbst, die auf der schweren Kellerluke hockte? Ja, hier, und zugleich nicht hier, es war so lange her, alles schien jetzt entsetzlich lange her zu sein. Sie hatten diese Ruine eines Heims betreten, sie hatte Nina dazu gezwungen, weg von den aufgemalten Worten an der

Wand, den Anklagen, die wohl kaum von Kindern stammten, eher von erwachsenen Männern, darauf wies die Schrift hin. In der Diele waren sie stehengeblieben und hatten das rote Licht des Anrufbeantworters betrachtet, das ist er, jetzt findet sich alles, er war gescheit genug, um sich ein Hotel zu suchen, morgen ist ein neuer Tag, um Mitternacht morgen beginnt ein neues Jahr. Aber nichts, nein, fast nichts, nur dieses kurze Signal, ein dreimaliges Klicken mit einem Nagel gegen das Kunststoffmaterial des Telefons. Natürlich musste Nina wieder weinen, das musste sie doch, und Rebekka hatte Siri Ljoens Nähe mehr als nur geahnt, diesen Fischblick, kalt und abweisend, warum flennt die Kleine denn eigentlich, sie konnte diesen Blick nicht aushalten, sie musste sich zusammenreißen um sie nicht zu orfeigen. Sie hatte sie ins Bett gebracht, hatte sie mit Bitten und Drohungen ins Bett gebracht, dann die weiße Pille, schau her, jetzt hörst du mir zu, ich bleibe hier, bis du eingeschlafen bist. Du bist so lieb, sie kam sich so ungeheuer lieb vor, sie streichelte und streichelte die schweißnasse Stirn, während sie für die Puppe sang, die der Großvater auf den Weltmeeren bei sich hatte, für den kleinen Matrosen, der die Welt aus blau gläsernen Augen betrachtet hatte.

Ich habe mein Versprechen gehalten. Bin bei ihr geblieben, bis sie eingeschlafen war. Ich hatte das Gefühl, immer schon so da gesessen zu haben. Neben einem Bett mit einem schlafenden Menschen, nachdem alles

Böse für diesen Tag seinen Griff gelockert hatte. Ich saß so, wie ich im Haus gesessen hatte, während alles Form annahm, sich um uns verdichtete, der süße Geruch meiner Schwester, das Knistern im Ofen, vielleicht das Ticken einer Uhr. Oder an einem der vielen Krankenhausbetten, dem Bett in der Anstalt, nach Stinas erstem Ausbruchsversuch, damals, als sie versucht hatte, das Problem mit Pillen zu lösen.
Später ging ich dann. Es war jetzt Morgen. Ein Hund, vielleicht ein Fuchs, war während der Nacht durch den Garten gelaufen; er hatte schwarze Zeichen auf der weißen Fläche hinterlassen. Kein Mensch.

Holger Biedermann
»Von Ratten und Menschen«
Band 16049

»Unterhaltsam und präzise«
Die Tageszeitung

Am Morgen des 11. September 2001 steht der Hamburger Kommissar Pieter Lund vor einer grausam zugerichteten Leiche. Seine Recherchen führen ihn in die al-Kaida-Szene, denn der Tote steht offenbar in direktem Zusammenhang mit dem Attentat auf die Türme des World Trade Centers. Pieter Lund merkt schnell, dass er in ein Wespennest gestochen hat, das auch für ihn lebensgefährlich werden kann …

Bill Pronzini

Schlechte Karten

Roman

Aus dem Amerikanischen von Gisela Podlech

Band 15833

Wie viele Männer vor ihm, ist Matthew Cape an einem Punkt im Leben angekommen, wo es nicht mehr weitergeht. Er kündigt seinen Job, verlässt Frau und Haus, kauft sich eine Corvette und fährt los. In San Francisco freundet er sich mit Boone und Tanya an, die wie er ein schönes Pokerspiel zu schätzen wissen. Aber die beiden sind in eine schlimme Sache verwickelt und auf einmal wird aus Matthews Midlife-Krise ein Wettlauf mit dem Tod.

Fischer Taschenbuch Verlag

fi 15833 / 1